밥보다
등산

또 오른

오르고

내일이 불안해

서른 해 등산 일기

밥보다 등산

내일이 불안해 오르고 또 오른 서른 해 등산 일기

초판 1쇄 인쇄 2021년 6월 07일
초판 1쇄 발행 2021년 6월 15일

지은이 손민규
펴낸이 전지운
펴낸곳 책밥상
디자인 Studio Marzan 김성미
등록 제 406-2018-000080호 (2018년 7월 4일)
주소 경기도 파주시 문발로 197 우편번호 10881
전화 031-955-3189
이메일 woony500@gmail.com
블로그 https://blog.naver.com/woony500
인스타그램 https://instagram.com/booktable1
인쇄 다다프린팅 **제책** 에스엠북

ISBN 979-11-91749-00-7 03810 ©2021 손민규

밥보다
등산

또 오른
오르고
내일이 불안해
서른 해 등산 일기

손민규
지음

책밥상

떠나기 전

한국에는 산이 몇 개나 있을까요?《한국 1000산》(신명호 지음, 깊은 솔, 2014)이라는 책이 있는 걸 보면 적어도 한국에 있는 산의 단위가 천 단위라는 걸 알 수 있습니다. 전 국토의 2/3가 산으로 이뤄진 대한민국에서 산의 매력을 모르고 살다 죽는다면 억울할 것도 같습니다.

제가 올라본 산은 100곳을 겨우 조금 넘는 정도입니다. 산 좀 다녀본 사람이라면 당연히 해 봄직한 '블랙야크 100대 명산 완등'이나 '산림청 선정 100대 명산'을 아직 다 밟아보지 못했습니다. 백두대간 종주와 같은 대규모 프로젝트는 엄두도 못 내고요(백두대간 길은 탐방로 일부가 비법정 탐방로라 앞으로도 시도할 것 같지는 않습니다).

유럽 알프스나 일본 알프스라든지 히말라야 트래킹처럼 세계적으로 유명한 산에도 가본 적이 없습니다. 게다가 요즘은 친구들과 산에 가기라도 하면 늘 뒤에 처져서 폐를 끼칠 정도로 걸음마저 느립니다. 이런 제가 산행에 관한 글을 쓰다니, 주제 넘는 짓처럼 느껴지네요. 아니 주제 넘는 짓임에 틀림없습니다. 아무리 '알파니즘'

과 '투어리즘' 간 경계가 사라졌다지만 전문 산악인들에게는 이 책이 '등산'이라는 제목을 쓴 책치고 너무나 가볍지 않을까, 걱정도 듭니다.

그런 전문 산악인들에게 먼저 양해를 구합니다. 제목은 '밥보다 등산'이지만 이 책에 실린 글은 등산기라기보다는 '산행기'에 가깝습니다. 등산이라는 단어에는 '수직'이라는 의미가 들어 있지요. 대한민국 산은 히말라야나 알프스 혹은 일본 산보다도 표고가 낮습니다. 가장 높다고 해 봤자 해발 2000m에도 미치지 못하죠. 제가 다닌 산이 모두 이런 대한민국의 산입니다. 그래서 수직의 어감이 강한 등산보다는 '수평'의 어감이 깃든 산행이라는 단어가 어울릴 것 같습니다.

그럼에도 제목을 '밥보다 등산'이라고 고집한 건 산행보다는 등산이라는 말이 많은 사람에게 더 친근하기 때문이죠.

산을 좋아하는 사람 중에는 날카로운 수직을 좋아하는 사람도 있겠지만 저처럼 둥그스름한 수평을 사랑하는 사람도 있을 겁니다.

이 책은 후자에 관한 이야기입니다. 저는 전문 산악인이 아닙니다. 주말마다 산에 갈 정도로 부지런하지도 않고, 이제는 산을 향한 피끓는 열정이 있지도 않습니다. 다만, 산을 향한 동경과 그리움만은 여전합니다. 비록 한동안은 전혀 산에 못 간 적도 있지만 그래도 틈틈이 산을 올랐습니다. 여기에 쓴 글은 30년 동안 오른 산에 얽힌 개인적인 이야기입니다.

어떤 산이 좋고, 그 산에 가기 위해서 교통편은 무엇을 이용해야 하며, 산의 진면목을 알 수 있는 코스는 이러이러하다, 는 내용이 조금 들어 있긴 하지만 아주 일부입니다. 그보다는 태어나서 자라고 학교에 가고 졸업을 하며 취업하고 일하면서 만난 사람들과, 삶의 고비 때 찾은 산에 관한 기록입니다.

처음 산에 관한 에세이를 써보자는 제안을 받았을 때 제가 생각한 건 사진과 어우러진 산행기였는데요, 책밥상의 '밥보다' 시리즈에는 사진이 들어가지 않는 게 원칙이었습니다. 최근에 나온《밥보다 여행》마저 사진이 한 장도 포함되지 않은 여행책이죠. 사진 없이 책 한 권 분량을 쓸 수 있을까 걱정했습니다. 쓰다 보니 금방 한 권 분량이 모아졌습니다. 그만큼 제가 산에서 얻은 게 많다는 걸 알게 되었습니다. 평일이고 주말이고 산에 오르는 수많은 분들 역시 저와 비슷하리라 믿습니다. 뭐 그렇다고 산이 제게 눈에 보이는, 그러니까 가시적인 성과를 준 건 아닙니다. 달라진 건 별로 없었습니다. 그저 제 마음이 좀 더 편해졌을 뿐입니다. 시간을 견딜 수 있었죠.

조선 태조 이성계와 달리, 산이 저에게 기적을 내리지 않았습니다. 금산에 가서 로또 1등 당첨되게 빌었지만 지금까지 안 걸렸습니다. 계룡산에서 취업하게 해달라고 빌었지만 그 이후에도 한동안 줄줄이 서류 탈락과 면접 실패를 겪었습니다.

그럼에도 왜 저는 계속 산에 갔을까요? 산에서 얻고자 했던 위안은 무엇이었을까요? 여기에 대한 답을 글로 풀어보고 싶었습니다. 다 쓰고 보니 여전히 명쾌하진 않네요. 아직 제가 더 산에 오르고 글로 정리해야 할 이유가 남아 있는 셈입니다.

이런저런 사정으로 산에 못 간 기간이 꽤 길 때, 다른 사람이 쓴 산행기를 읽었습니다. 그 책들로부터 위안을 얻었습니다. 마찬가지로 이 글도 산에 가고 싶으나 못 가는 사람들에게 즐겁게 읽히면 좋겠습니다. 이 책을 처음부터 순서대로 읽을 필요는 없습니다. 그냥 내키는 대로 펴서 읽으시면 됩니다. 아직 산의 매력을 모르는 사람이라면, 이 글이 산행을 알아가는 데 도움이 되면 좋겠습니다. 이미 산에 부지런히 오르는 사람이라면, 우연히 산에서 마주친다면 이런저런 이야기를 함께 나눠보면 어떨까 합니다. "《밥보다 등산》 읽은 독자입니다" 하고 먼저 말을 건네주신다면 뒤풀이 파전은 제가 쏘겠습니다(얼른 코로나 19가 끝난 뒤에요).

오래 전에 오른 산에 관한 기억은, 사람의 기억이란 게 그러하듯 정확하지 않을 수 있습니다. 예전 등산로와 최근 등산로의 풍경이 다를 수도 있겠지요. 이 책에서는 산에 관해, 인문학에 관해, 세상 물정에 관해 듣고 읽고 오르며, 나름대로 터득한 제 삶의 지침들을 함께 풀어놓았습니다. 공부가 깊지 않은 탓에 틀리게 이해한 부분도 있을 것 같습니다. 이는 전적으로 제 탓입니다. 지적해주시면 바로잡아서 다시 내도록 하겠습니다. 1쇄가 다 팔린다면요.

끝으로 이 책이 나올 수 있게 도와주신 분들께 감사하다는 말씀을 드리고 싶습니다. '밥보다' 시리즈에 탑승할 수 있게 제안 주신 책 밥상 전지운 대표님과 저와 함께 산행에 나서준 K, S, H, J, 성형, 오작가 그리고 이제는 산에 가지 않지만 잠시나마 함께 산행에 나서준 배우자 Y에게 고맙습니다.

그리고 무엇보다 저를 산의 세계로 이끌어준 어머니와 아버지께 감사합니다. 당연히 이 책을 읽어주실 독자 분들도 제게 은인이죠. 덕분에 개정쇄를 찍을 수 있으리라 믿어 의심치 않습니다. 많이 도와주세요!

모두 안전하고 즐거운 산행하시기를 두 손 모아 바라겠습니다.

2021. 이른 여름
손민규

프롤로그 떠나기 전

1부
들머리에서

* 등린이입니다, 무엇이든 물어볼게요

2부
산을 오르며: 아프니까 걸었다

3부
정상에서: 아플 수도 없는 중년이라 걸었다

1부

들머리에서

아이는
왜 산에 오르는가

사회 초년생 시절부터 거의 10년 동안 나간 등산 동호회가 있다. 그곳에서 처음 만난 사람과 처음 나누는 대화 소재는 거의 비슷하다. '언제부터 왜 산에 오르기 시작했는가?'

꽤 높은 비율을 차지하는 답은 '조기교육'이다.

"어릴 때 아버지가 끌고 갔어요."

나 역시 그랬다. 첫 산행은 아버지, 어머니와 함께였다. 산악회에서 만난 사람들 대부분은 나처럼 어린 시절 산에 오른 뒤, 어른이 돼서도 산이 뿜는 매력에 끌리는 경우가 많았다.

영어와 마찬가지로 등산에도 조기교육이 중요하다고 말하려는 건 물론, 아니다. 같은 공간에서 나고 자랐고, 비슷한 교육을 받았지만 나와 달리 누나는 산에 거의 오르지 않았다. 누나는 등산을 향한 관심이 없는 데서 그치지 않고 산에 오르는 행위를 대놓고 싫어했다. 이런 차이를 보면 결국 모든 건 자기하기 나름이다.

어릴 때부터 산에 올라서인지 나는 꽤 방향 감각이 뛰어나다고 자부하는 편이다. 운전하면서나 걸으면서 길을 잃고 헤맨 적이 별로 없다.《길 잃은 사피엔스를 위한 뇌과학》(마이클 본드 지음, 홍경탁 옮김, 어크로스, 2020)에서는 호모 사피엔스의 장점 중 하나가 '길 찾기'라고 말한다. 이런 장점 덕분에 호모 사피엔스는 경쟁자인 네안데르탈인 등을 제치고 최상위 포식자로 군림할 수 있었다. 길 찾는 능력 덕분에 주변을 탐색하고 이용해 행동 반경과 영역을 넓혀올 수 있었던 것이다. 그런데 GPS에 의존하고 어린이를 건물 안에서 보호하려는 현대사회의 분위기 때문에 인간은 점점 길 찾는 능력을 잃어가고 있다고 한다.

그렇다면 어린 시절부터 산에 다니면서 공간 인지력을 키워보는 건 어떨까. 인터넷 지도를 끄고 산길을 걸어본다면 잃어가는 호모 사피엔스의 장점을 유지할 수 있지 않을까.

어린 시절의 기억이 성인에게 어떤 영향을 끼치는지에 관한 질문은 프로이트나 프랭클 등 심리학자들에게 넘겨주기로 하고, 여기서는 어린 시절 산에 오른 경험을 현재 내가 어떻게 기억하는지 복구해보려고 한다.

모든 기억이 그러하듯 내가 언제 산에 처음으로 올라갔는지는 흐릿하다. 등산이라기보다는 관광지를 걷는 느낌으로 간 포항 내연산이었는지, 친척들과 함께 오른 대구 팔공산 '갓'바위(아마 그때 사촌형이나 누나 중 누군가가 고3이었지 싶다)였는지, 그것도 아니면 초등학교 소풍으로 간 부산 영도 봉래산이었는지, 시기적으로 어떤 사건이 최초인지는 모호하다. 다만 내가 산을 좋아하게 된 계기는 아직도 꽤 선명하게 기억한다.

▲ 양산 천성산, 성불하러 간 건 아니지만

국민학교 ─ 그때는 초등학교로 바뀌기 전이었다 ─ 3학년. 아버지는 업무 특성상 야근과 당직이 많았고, 낙이라면 술담배가 고작이었다. 생각해보면 그 시절 다른 아버지들도 대부분 그렇게 사신 것 같다.

아버지는 이렇게 살다간 안 되겠다는 깨침을 얻고는 등산으로 심신을 정화하기로 결심하셨다. 요즘은 홈트레이닝이니, 헬스장이니 해서 굳이 산에 가지 않고도 할 수 있는 여러 선택지가 있지만 그 시절만 해도 '운동' 하면 '산타기'였다. 지금까지도 많은 엘리트 운동부가 여름이면 산을 타니, 예전에는 더하면 더했지 덜하진 않았다.

제대로 된 등산복과 등산화를 갖추지 않고 우리 가족은 슈퍼마켓에 라면 사러 가는 복장으로 양산 천성산을 찾았다. 양산 천성산은 한국사에서 존재감을 여러 차례 발휘한 산이다. 원효 대사가 1000명을 성불시켰다는 의미인 '천성千聖'이라는 이름에서부터 이 산이 삼국시대 주요한 종교적 공간이었다는 사실을 알려준다. 동학 창시자인 수운 최제우도 이곳에서 수행하며 동학의 기틀을 닦았다.

21세기에 들어서는 경부고속철도 노선이 관통하면서 이에 반대하는 지율 스님의 단식이 화제가 되었고 개발 논리와 환경권의 충돌 과정에서 다시 천성산이 주목받기도 했다.

천성산은 계곡이 깊고 아름다워 부산 사람들에게도 유명했다. 팬덤 많기로 유명한 모 프로야구단 선수들이 성적 부진에도 천성산 내원사 계곡에서 놀고 있는 걸 봤다는 '카더라' 뉴스는 여름 때 심심치 않게 등장하는 소문이었다. 계곡 말고도 화엄벌과 정상에서 조망이 멋진 산이다.

우리가 목표로 한 천성산은 해발 고도가 812m다. 첫 산행치고는 꽤 난이도가 높은 편이었는데 사전 정보가 거의 없다 보니 등산로 초입을 찾느라 많이 헤맸다.

걷고 걷고 또 걸었는데도 오르막의 끝이 보이지 않았다. 2시간 30분 정도 걸었을 때야 비로소 하늘이 보였다. 정상이라고 부르기에 다소 뭣한 찜찜한 풍경이었으나 주변에 오르막 길이 보이지 않자 아버지는 선언했다.

"여기가 끝인가 보다. 이제 내려가자."

나중에야 알았다. 그곳은 목표로 한 천성산 정상이 아니고 집북재였다는 것을. 집북재라는 명칭에서 보듯 정상이 아니라 고개였다. 천성산 정상(지금은 천성산 제2봉으로 불리고, 원효산이 천성산 제1봉으로 바뀌었다)을 가기 위해서는 집북재에서도 30분 정도 더 올라야 했다.

시작부터 끝까지 어설픔 가득한 산행이었으나, 어린 나에게 이때의 경험은 잊을 수 없는 인생의 순간이 되었다. 특히 내원사 계곡이 압권이었다. 도시에서 나고 자란 내가 계곡을 가까이서 보고, 계곡 물에 손을 담근 건 처음이었다. 수많은 소와 무명폭포가 나를 압도했다.

어쩌면 이때 본 계곡이 설악산 천불동계곡이 아니어서 다행인지도 모르겠다. 어린이가 감당하기에 설악산 천불동 급 정도의 스케일은 너무 비현실적으로 다가왔을 테고, 오히려 이후의 산행을 시시하게 느끼게 했을지도 모르니 말이다.

산행을 즐겁게 만든 또 하나 빼놓을 수 없는 요인은 칭찬이다. 심리학자 아들러는 채찍과 당근 모두 장기적으로 인간의 성장에 도움이 되지 않는다고 주장하지만 나의 산행 경험에 한정해 말하자면, 나를 이끈 건 팔할이 칭찬이었다. 어머니와 아버지는 산행 시간 내내 나를 응원했다.

"어른보다 더 잘 걷네. 어른도 힘들어하는 길인데 국민학생이 대단하다!"

그렇게 나는 자연스레 아버지와 어머니의 다음 산행에도 기꺼이 동참했다.

▲ 양산 영축산, 눈보라에 식겁하며

천성산 산행으로부터 한 달 뒤, 지금으로서는 정확하게 기억은 나지 않지만 아마 1월이었던 듯하다. 아버지는 다시 배낭을 꾸리셨다. 그 사이에 산은 많이 변해 있었다. 나뭇잎이 떨어지고 가지만 앙상하게 남은 나무들이 겨울을 그대로 보여주고 있었으나 눈은 아직 내리지 않았다. 거무튀튀한 색이 산을 덮는 이 때는 1년 중에 산이 가장 볼품없는 때다.

아버지가 정한 두 번째 산행지는 양산과 울산 울주군 경계에 우뚝 솟은 영축산(당시에는 취서산, 영취산, 영축산이라는 여러 가지 이름으로 불렸다. 대동여지도를 보면 취서산으로 표기되어 있다). 대한민국 3보사찰불교에서는 불법승佛法僧 세 가지를 3보라고 한다. 대한민국에서는 석가모니 전신 사리를 봉안한 통도사가 불보사찰, 고려대장경을 보관한 해인사가 법보사찰, 고승을 많이 배출한 송광사가 승보사찰이다. 중 불보사찰인 통도사 뒷산이다. 높이로 치면 한국에서 높은 산의 기준이라 할 수 있는 해발 1000m를 넘었다(1081m). 이때까지도 우리 가족은 지난 천성산 산행에서 정상을 찍은 걸로 알고 있었다. 그러다 보니 첫 산행치고 그렇게 힘들지 않았다는 자신감으로 가득 차 있었다.

이번에도 역시나 아버지는 산행 들머리를 한번에 찾지 못했다. 어렵사리 찾은 등산로는 극락암에서 정상으로 바로 치고 올라가는 너덜지대였다. 볼 것도 거의 없고, 힘들기만 한 길. 나중에 산악회를 이용하면서 알았는데 당시 영축산을 오르는 일반적인 등산로는 백운암으로 올라 능선을 타고 정상으로 향하는 길이었다. 우리가 접어든 길이 그 당시 지도에서 실선이 아니라 점선으로 표시된 2급 등산로였다는 걸 그때 우리 가족은 전혀 몰랐다. 아버지는 태연하게 말씀하셨다.

"영축산이 통도사도 있고 해서 사람이 많을 줄 알았는데 오늘 영 등산객이 없네."

산에 오른 지 2시간. 아무리 1000m급 산이라도 그 정도 올랐다면 정상이 보여야 했다. 끝없이 이어지는 너덜지대에 우리의 무릎은 비명을 내질렀다. 설상가상, 하늘을 뒤덮은 구름 아래로 진눈깨비가 흩날리기 시작했다. 첫 번째 산행 때와 마찬가지로 슈퍼마켓에 라면 사러 가는 복장이었던 우리 가족 옷에 방수 방한 기능이 있을 리 만무했다.

눈에 젖은 옷은 축축해지기 시작했다. 눈이 쌓이면서 길은 빠르게 자취를 감추었다. 진눈깨비는 급기야 함박눈으로 변했다. 곧 정상에 닿으리라는 희망보다 이대로 1시간 뒤면 우리 모두 산에서 길을 잃고 말겠다는 두려움이 커지기 시작했다. 다행스럽게 아버지는 적절한 판단을 내렸다(이제 와서?).

"빨리 내려가자."

산에서 길을 잃었다면 우리 가족은 죽을 수도 있었다. 과장이 아니다. 우리의 옷 상태는 동상에 취약했고 구조를 요청할 휴대폰도 없던 때였다. 영축산은 꽤 큰 산이라 민가로 내려오는 게 쉽지도 않고, 실제로 주변에 민가는 전혀 없었다. 눈은 점점 더 많이 쏟아졌다.

당시에는 실감을 못 했을 뿐 영축산 등산은 목숨을 건 산행이었다. 다만 나에게는 우주 최강 능력자 어머니와 아버지가 옆에 계셨고, 예나 지금이나 10년에 한 번 정도 눈이 쌓일까 말까 하는 부산에서 나고 자랐기에 그렇게 눈을 원 없이 볼 수 있는 경험은 공포라기보다는 즐거움이었다. 오히려 순백의 산이 내뿜는 성스러움에 압도되었다.

그렇게 산을 향한 내 걸음은 나의 개인적 추억과 발맞춰 계속해야 하는 신성한 무엇으로 자연스레 이어졌다.

그 후, 아버지는 더 이상 무리하게 자신이 산행을 주도하지 않았다. 대신 산악회 버스를 타셨다. 그리고 그 옆에는 내가 있었다. 주 6일제였던 그 시절, 일요일 아침 8시 부산시민회관 근처에는 산악회 버스가 세워져 있었다. 아버지는 1일 회원 자격으로 그때마다 가고 싶은 산을 골라 산악회 버스에 오르셨다.

산악회에서 국민학생인 나는 대개 환영받는 존재였다. '산에 가는 사람 치고 나쁜 사람 없다(과연?), 산에 가면 몸과 마음이 깨끗해진다, 젊은 사람이 산에 가야 한다, 어른도 힘들어하는 산을 어린 너는 참 잘 오르는구나', 이런 말을 주로 들었다.

산에서 누릴 수 있는 가장 큰 즐거움은 정상에서 아래 세상과 하늘을 함께 바라보는 조망이다. 올라갈 때의 고통은 정상에 서면 깨끗이 사라진다. 굳이 산을 좋아하지 않는 사람이라도 높은 곳에서 아래를 바라보고 싶은 건 인간의 본능이다.

맹수 등 주변의 위험으로부터 나를 지키고자 하는 조상들의 본능에서 유래한다는 진화심리학스러운 해석을 군이 끌고 오지 않아도 현대인들은 꽤 비싼 돈을 들여서라도 고층 빌딩이나 케이블카를 타고 높은 곳에서 아래를 내려다보려고 한다. 그러니 두 다리만 있으면 공짜로 높은 곳에 오를 수 있는 등산은 얼마나 좋은 취미인가.

산은 훌륭한 전망대다. 가끔 조망이 없는 정상이 있기도 하지만, 도시 근처에 있는 산은 정상 부근이 잘 정비되어 있어서 훌륭한 조망을 즐길 수 있다. 부산 쪽 산들은 바다 조망을 누릴 수 있다는 점에서 나는 행운아였다.

어린 시절 크게 느껴졌던 학교 운동장이나 공장 건물이 위에서 보면 개미 새끼만 해 보이는 경험도 신선했다. 돈도, 명예도, 다 덧없다는 걸 어려서부터 깨쳤달까……. 그래서인지 지금 돈도 명예도 얻지 못한 거 같다. 돈과 명예는 공허한 게 아니라 중요하다는 사실을 알았어야 하는데 말이다. 삶에 돈이 전부는 아니지만 대부분의 문제는 돈과 관련 있으니.

어쨌든 이렇게, 나는 산에 오르기 시작했다.

그 산엔
할매가 산다

TV에서였는지 신문에서였는지 정확히는 기억나지 않는데 한 음식 평론가가 꼽은 맛집의 조건이 인상적이었다. 평론가는 전국을 돌아다니며 맛집을 두루 탐방하던 사람이다. 특히 돈가스를 좋아하는데, 전국에서 가장 맛있는 돈가스집이 어디냐는 질문에 그는 이렇게 답했다.

"집 근처에 있는 돈가스집이오."

산도 비슷하다. 아무리 멋진 산이라도 갈 수 없다면 무슨 의미인가. 언제든 부담 없이 갈 수 있는 산이 명산이다.

어릴 때 자주 올랐던 산은 부산 영도 봉래산(395m)이다. 국민학생 시절 얼핏 세보면 100번 정도 산에 간 것 같다. 이중에

2/3는 봉래산이었다. 아버지는 한 달에 한 번 정도 산악회 버스를 탔고, 나머지 세 번은 봉래산으로 나를 데리고 가셨다.

▲ 영도 봉래산, 작지만 풍성한 이야기를 품은

아주 어릴 때 이 산의 이름은 고갈산이었다. 고깔 모양이라 해서 고갈산이라 불렸다는 설, 일제가 이 지역의 기운을 메마르게 하기 위해 이런 이름을 붙였다는 설 등이 있지만 확실하진 않다. 그 어떤 산이든 고깔 모양이 아니기가 힘들 텐데 봉래산은 바다 한가운데 위치해 낮은 산임에도 흰 구름을 고깔 삼아 쓴 모양을 자주 연출하기도 한다.

19세기 말 제작된 대동여지도를 비롯한 조선 후기 지도를 보면 이 지역 지명이 '절영絶影 — '그림자가 끊어지다'는 의미로, 이곳에서 키우던 말이 그림자가 안 보일 정도로 빨랐다는 뜻이다. 여기서 절이 탈락하고, 현재는 '그림자 섬'이라는 뜻의 영도가 되었으니 흥미로운 지명의 변천사다. — '으로 표시되어 있고 고갈산이든 고깔산이든 봉래산이든, 산에 관해서는 따로 표기되어 있지는 않다. 게다가 영도에는 신선동, 영선동, 청학동이라는 행정구역이 있는데《사람의 산 우리 산의 인문학》(최원석 지음, 한길사, 2014)에서 지적하듯 청학동 지명이 전국적으로 확산된 게 조선 후기이니 현재 부르는 봉래산이라는 지명도 최근에 만들어졌을 확률이 높다.

영도 사람은 물론 부산 사람이라면 한 번쯤 들어봤을 영도에 관한 속설이 있다. 바로 질투 많은 봉래산 할매다. 경상도지방에서는 마을을 관장하는 신을 '할매'나 '할배'로 불렀다. 봉래산 할매는 영도를 관장하는 신인 셈이다. 그렇다면 이 신은 영도 사람들을 지켜줘야 하는데 봉래산 할매는 다소 괴팍한 면이 있다.

영도를 소개하는 안내 책자를 보면 봉래산 할매를 영도 사람들이 영도 밖으로 나가면 걱정을 하는, 따뜻한 마음을 지닌 할머니로 묘사하는 경우가 종종 있다. 그러나 이건 굉장히 완화된 설명이다. 지금은 어떤지 모르겠지만 내가 어렸을 때 주로 들었던 영도 할매에 관한 이야기는 이랬다.

봉래산 할매는 영도 사람을 아낀다. 다만, 영도 사람들이 영도에 살 때만 그러하다. 만약 영도 사람이 육지로 나가면, 해코지를 해서 망하게 해 영도로 돌아올 수밖에 없게 만든다. 그래도 영도 할매의 저주를 피할 수 있는 방법이 있긴 하다. 영도 할매의 눈이 보이지 않는 곳은 괜찮다. 그러니까 봉래산에서 보이지 않는 육지 너머로 가면 된다.

또 다른 방법은, 영도 할매가 잠잘 때 이사하는 것이다.

나도 간간이 들었다. 이웃 누군가가 성공해서 영도 밖 육지로 나갔지만 3년도 지나지 않아 사업이 쫄딱 망해 영도로 다시 돌아왔다고 했다. 해 뜨기 전 새벽에 이사 나간 누구는 괜찮게 잘 살고 있다고…….

실제 봉래산 정상에 있는 안내판에도 봉래산 할매에 관련한 설명으로 '3년설'이 버젓이 적혀 있다. 봉래산을 오르내리며 어머니와 아버지는 정상에 있는 할매 바위에 가서 꼭 합장을 하고 고개를 숙였다. 나도 숙였다. 국민학생의 나는 귀신과 죽음이 무서웠다. 산에 가는 건 즐거웠지만 정상에서는 할매 바위 때문에 무서웠다.

할매 바위는 봉래산 정상에 있다. 딱 봐도 할매 바위처럼 생긴 돌이다. 간혹 그게 할매 바위인지 모르고 좀 더 높은 곳에서 조망을 보려고 바위 위로 올라가는 사람이 있는데, 안 걸리면 다행이고 주변에 어르신이 계시다면 꼭 야단맞는다.

학예연구사이자 역사민속학자인 유승훈이 쓴 《부산은 넓다》(글항아리, 2013)에서는 이러한 영도 할매 이야기의 기원이 후삼국으로 거슬러 올라간다고 밝힌다. '견훤이 선물한 말이 왕

건에게 도착하면 후백제가 망한다'는 설화가 변용되었으리라는 분석이다. 봉래산이라는 지명의 유래와 마찬가지로 봉래산 할매 이야기 역시 진짜 뿌리가 어디인지는 알지 못하지만 어린 나이의 나는 봉래산 할매의 고약함이 도저히 이해가 되지 않았다.

'지켜주려면 끝까지 지켜주지, 다른 데로 이사 갔다고 저주할 건 뭐람.'

그러다가 영도를 배경으로 한 영화 〈친구〉를 보면서 영도 할매의 심리를 적확하게 표현하는 대사를 만났다.

"니는 약은 다~ 우리한테서 받아먹고 충성은 엉뚱한 데 가서 했다메."

영도 할매 이야기도 결국 신뢰에 관한 교훈인 셈이다. 어릴 때 어머니나 아버지도 비슷한 이야기를 했던 듯하다.

"사람이 은혜를 모르면 사람이 아닌기야. 정치인들 봐라. 표 받기 전에는 우리 지역을 위해서 몸이고 마음이고 다 바칠 거 같은데, 국회의원 되고 나면 어데 고향 오나? 사람이 그라면 안 되는기라."

대충 이런 이야기. 그리고 끝에는 이런 말을 덧붙였다.

"영도 할매한테 저주 안 받는 방법 간단하다이가. 그냥 영도 살면 된다. 영도, 공기 얼마나 좋노. 영도에 조개패총 발견

된 거 알제? 그거 신석기 시대 사람들이 쓰던 거라잖아. 옛날부터 살기 좋으니까 여기서 사람들이 산 거 아니겠나. 나는 마 그래 생각한다. 교통이고, 학군이고, 그런 것도 중요하지만 맑은 공기가 제일이다."

21세기 주거 입지로 '숲세권'의 중요성을 예견한 아버지의 선견지명이었다. 세상 사는 데 많은 게 필요하지 않지만, 대도시에 사람이 몰리면서 예전에는 당연했던 걸 이제는 비싼 돈을 주고 사야 하는 시대가 되었다. 공기와 물과 나무, 이 모든 게 소중해지고 있다.

과학기술의 발전으로 인류는 필요한 것보다 많은 식량과 옷을 만들어낸다. 한 번도 안 쓰고 버린 쓰레기가 누군가에게는 꼭 필요한 의식주다. 문제는 분배고, 해결은 정치에 달렸다. 더 많은 걸 가지려고 폐 끼치고 신뢰를 깨뜨리고 남을 괴롭히려는 사람이 되지 말아야지 하면서도 깨어 있지 않으면 어느 순간 내가 그런 사람이 되어버리고 만다.

산에 오르면 커다란 빌딩도 손톱보다 작게 보인다. 대자연의 웅장함에 비하면 인간사는 불안정하다. 그리고 시간의 무게에 취약하다. 내가 간절히 가지려 한 무언가가 그렇게 대단하지 않으며 쉽게 무너질 수 있다는 걸 알면 삶을 좀 더 느긋하게 즐길 수 있지 않을까. 산 정상에 서면 누구나 이런 생각을 한 번쯤은 할 테다.

▲ 봉래산을 둘러싼 도시 괴담

봉래산 할매 이야기는 영도 사람들을 실제로 지배했다. 사피엔스 종이 지구의 지배자가 된 뒤 문명이 자연을 파괴한 건 비단 산업화와 자본주의 탓만은 아니다. 선사 시대부터 사피엔스는 탐욕스럽게 자연을 정복해나갔다. 산신으로 대표되는 지역신은 자연이 훼손되려 할 때마다 마을 사람들에게 존재감을 드러냈다. 지금 21세기까지도 말이다.

　새들의 고향이었을 영도를 목장으로 바꾼 게 최소한 삼국 시대부터였고 격동의 근대에는 러시아가 이곳에 부동항을 건설하려 했다. 내가 자라던 시절에는 봉래산 산자락을 깎아 아파트를 만들었다. 그때, 공사를 하다 인부가 급사했는데 그게 바로 노한 봉래산 할매의 저주 때문이라는 소문이 퍼졌다. 그때는 오로지 믿을 만한 매체가 9시 뉴스와 신문밖에 없던 시절이었다. 부산 영도 어디선가의 공사 현장에서 누가 산업재해를 당했다고 한들 보도될 리 만무해 소문의 진위는 알 수 없었다. 지금도 산업 재해율이 높은 대한민국인데, 예전에는 더 잦았을 테고 뉴스로 보도될 만한 가치도 없었을 테다. 다만, 퇴근한 아버지는 그건 헛소문이라고 확인해주셨다.

내가 기억하는 봉래산의 또다른 괴이한 면모는 산불이었다. 지금 봉래산 손봉에 가면 산불 흔적을 찾을 수 없을 정도로 풀과 나무가 자라 온 땅을 녹색으로 덮고 있다. 1990년대 초만 해도 손봉 쪽은 산불이 잦았다. 사계절 내내 황색이었던 그곳은 신선이 노니는 '봉래산'보다는 황폐한 '고갈산'이 어울리는 모습이었다.

집 옥상에 올라서면 봉래산 손봉 쪽이 훤하게 보였는데 산불을 볼 때마다 불안함에 떨었던 기억이 난다. 봉래산 할매가 화가 나서 자기 몸에 불을 붙였다는 생각에 뭔가 더 큰 재앙이 일어날 것만 같았다. 제3차 세계대전이라든가, 뭐 그런…….

다행히도 제3차 세계대전은 일어나지 않았다. 산불은 곧 진화되었다. 부산 지역 뉴스에서는 봉래산 산불이 진화되었다는 소식을 짧게 전했다. 그 뉴스 뒤에는 좋은 뉴스를 간혹 보도했고, 범죄와 같은 나쁜 뉴스를 더 많이 보도했다. 역시 붓다의 말처럼 삶은 고통인 법이다.

봉래산에 관해서 기억나는 또 하나는 공동묘지다. 내게 죽음이라는 걸 알게 해준 공간. 동삼동과 청학동 쪽 봉래산 방면에는 공동묘지가 길게 이어져 있다. 우리 문화에서는 무덤을 '산소'라고 부른다. 사람이 죽으면 돌아가는 곳을 산으로 정했고, 그 산에 모여 후손들은 선대를 추모했다. 그만큼 한국문화에서 산은 한국인의 생사와 맞닿아 있다.

봉래산 무덤 중에는 사각 돌담으로 쌓은 묘지도 곳곳에 있었는데 나중에 제주 용눈이오름에서 비슷한 형태를 보았다. 제주 해녀가 정착한 곳 중 하나가 영도이고, 해녀뿐만 아니라 많은 제주 사람들이 해방 전후로 영도로 이주했다는 사실을 커서 알았다.

이곳에 묘를 쓴 사람들은 고인이 용눈이오름과 닮은 봉래산에서라도 고향의 정취를 다시 느끼길 기원했을지도 모를 일이다. 물론, 단순히 영도에 산이 봉래산밖에 없어 이곳에 묘를 썼을 수도 있지만. 어쨌거나 동삼동 쪽에서 유심히 보면 봉래산은 생긴 모습이 용눈이오름과도 닮았다.

성인이 되어 걸었던 제주도 용눈이오름의 묘지에서는 못 느꼈지만 어릴 때 봉래산 공동묘지는 공포 그 자체였다. 그럼에도 아버지는 그쪽으로 들머리 잡기를 좋아하셨다. 딱히 삶과 죽음의 문제를 어릴 때부터 고민해보라는 교육적인 측면이 있었던 것 같지는 않다. 그저, 집에서 가장 가까운 들머리가 공동묘지였을 뿐이다.

해가 중천에 뜬 낮에는 이곳을 지날 때 아무런 느낌이 없었지만 해질녘에 지날 때면 등골이 으스스했다. 어머니와 아버지와 함께 걸어도 무서웠다. 귀신이고, 봉래산 할매고, 어릴 때 이들에게 안 잡혀가려면 어떻게 해야 하는지를 물었는데 그때마다 답은 이랬다.

"착하게 살아라."

그렇게 착하게 산 것 같지 않지만 아직까지 봉래산 할매가 우리 집을 망하게 하지도 않았고, 귀신에게도 안 잡혀간 걸 보면 그럭저럭 착하게 산 건가 싶기도 하나, 끝날 때까지 끝난 게 아니니 앞으로 더 착하게, 성실하게 살아야겠다 싶다.

요즘은 설과 추석 연휴에 본가에 간다. 갈 때마다 봉래산에 가려고 노력한다. 동해 바다와 남해 바다가 만나는 광활한 태평양을 조망할 수 있고, 산과 도시가 어우러진 부산의 스카이라인이 한눈에 들어온다. 서쪽 끝에는 거제도가, 북쪽으로는 금정산과 양산 천성산이, 동쪽으로는 광안리와 해운대 해수욕장이, 날이 좋은 날은 동남쪽으로 대마도까지 보인다.

이런 일품 조망을 보는 게 주 목적이긴 해도 봉래산 정상에 가면 꼭 할매 바위 앞에 서서 합장하며 고개를 숙인다. 수십 년 전 내가 그랬듯, 어머니와 아버지가 그랬듯.

산악회 버스 타고
이곳저곳

숲은 이산화탄소를 삼키기도 하지만 인간들의 스트레스를 빨아들이기도 한다. 주말 명산은 사람 반 나무 반이다. 저마다 사연은 달라도 산을 찾는 사람들은 주중에 쌓인 짜증과 분노, 불안 등 부정적인 감정을 산을 걸으면서 풀 것이다.

자가용을 이용하는 사람들도 있겠지만 많은 등산객들은 산악회 버스를 이용한다. 1990년대 일요일 아침, 부산 시민회관 근처에는 수십 대의 관광버스가 줄 지어 서 있었다. 물론, 다 산악회 버스였다. 우리 가족 역시 꽤 여러 번 이용했다.

"홀로 산행이 좋아요? 여럿이서 가는 게 좋아요?"에 대한 나의 답은, '편하게 오를 수 있는 친구 1~2명과 함께'이다. 3

명을 넘어서는 순간부터는 사회적 긴장도가 증가한다. 혼자 가고 싶을 때도 있지만 잘 아는 길이 아닌 초행길에서 홀로 산행은 위험하고 불안하다. 산에 올랐다가 내려왔다는 이상의 기억도 없다. 반면, 친한 지인 1~2명과 함께 오른 산행은 시간이 지나도 추억하고 싶은 기억이 많았다.

▲ 부족한 정보, 산악회에게 맡겨요

아버지도 마찬가지여서 봉래산에 간다거나 금정산 등 잘 아는 산행에는 가족이나 당시에 함께 다니던 다른 가족 한 팀과 함께했다. 그럼에도 산악회 버스를 이용했던 건 여러 가지 장점이 있어서다.

우선 운전에 대한 부담이 없다. 대부분이 오토(자동)로 주행하는 지금도 운전은 피곤한데 그때는 심지어 수동이었다. 부산에서 해발 1000m 이상의 산은 아무리 가까워도 영남 알프스 일대다. 본가에서 최소한 1시간은 가야 했다. 도로망도 지금보다 훨씬 열악해 일요일 아침은 늘 막혔다. 운전은 체력적으로나 심리적으로 상당한 부담이었다.

정보도 부족했다. 지금은 인터넷으로 검색하면 주요 산은 물론, 그 지역 사람들만 아는 야산의 산행 코스도 알 수 있지만 그때는 가보지 않고서는 길을 알 수 없었다. 책에 수록된 산과 코스도 실제 존재하는 것보다 훨씬 적었다. 그런데 산악회 버스를 타면 이런 걱정을 덜 수 있었다. 게다가 오랜 역사를 자랑하는 산악회는 다양한 코스 중 가장 수려한 길로 우리를 안내했다.

한 산악회에 소속되어 언제나 그 산악회의 일정대로 산을 오르는 사람도 있었지만 우리 가족은 그때그때 내키는 산에 가느라 1일 회원 자격으로 매번 다른 산악회를 이용했다.

〈부산일보〉나 〈국제신문〉에는 매주 목요일에 산행과 낚시 정보가 실렸다. 한 면을 다 채울 정도로 산으로, 바다로 가는 사람이 많았다. 주중 산행 정보도 가끔 있지만 주로 일요일 산행지가 대부분이었다. 왜 토요일은 없냐고? 지금 밀레니얼 세대는 상상도 못 하겠지만 불과 얼마 전만 해도 토요일은 일하고, 학교 가는 날이었다.

다른 부산 국민학생들과 마찬가지로 나는 평소에는 신문의 1면은 물론이고 다른 면을 건너뛰고 스포츠 지면의 롯데 자이언츠 소식만 읽었으나 산행 정보가 실리는 날만은 달랐다. 그날만은 스포츠 소식보다 산행 정보가 실린 면부터 먼저 펼쳤다. 다양한 산악회가 여러 산으로 향했다.

평화출판사에서 나온 《한국 100명산》과 《한국 200명산》을 틈날 때마다 탐독했지만 세상에는 그보다 더 많은 산이 있었다. 신문에 실리는 산은 주로 부산에서 접근하기 좋은 산이 대부분이었고 당일 산행지로는 소백산과 민주지산, 덕유산 그리고 지리산 정도가 한계였다.

설악산은 부산 사람들에게도 꿈의 장소라, 매주 한두 산악회 정도는 무박 2일 일정으로 설악산으로 향했다.

그 시절 산악회 풍경은 지금과 비슷했다. 친목 성격이 강한 데도 있었고, 산행을 위해 버스 대절비를 함께 분담하려고 잠깐 모인 산악회도 있었다. 대개는 친목 성격이 조금씩은 있었다.

1일 회원이 버스에 타면 기존 회원들은 전도나 포교하듯 산악회의 장점을 일목요연하게 이야기하고는 다음 산행에서도 보면 좋겠다는 말을 수시로 건넸다. 산행을 마치고 남는 시간에 산 아래 식당에서 짧게 벌어지는 뒤풀이가 있으면 초대받는 경우도 있었다. 그때 국민학생인 나는 거의 늘 예쁨을 받았고 때로는 용돈도 탔다. 살면서 언제 그런 예쁨을 받았을까……. 진정, 인생 최고 리즈 시절이었다.

이렇게 오른 산이 무주 덕유산, 거창 기백산, 울주 신불산, 영천 보현산, 산청 황매산, 울주 영축산, 양산 토곡산, 경주 단석산, 양산 천성산 2봉이다. 그때나 지금이나 사람들이 많이 찾는 산이다. 단석산이나 영축산, 천성산 2봉 등은 산악회 버스를 타기 전에도 올랐던 적이 있었는데 산악회 안내 덕에 더 멋진 길을 발견할 수 있었다.

▲ 산악회 뒤풀이 그리고 꼭, 꼴불견

산악회 버스를 타고 올랐던 산행은 무탈했다. 두세 시간 버스를 타고 산 입구에 도착해서는 가게에 들러 등산 지도가 그려진 손수건을 샀다. 예전에는 지도가 소중했고 등산로가 그려진 안내도 손수건은 상점의 효자 상품이었다. 가격이나 부피가 부담이 없어 기념품으로도 제격이었다.

손수건을 산 뒤 4~5시간 산행을 하고는 다시 두세 시간 버스를 타고 부산으로 되돌아왔다. 산은 아름다웠고, 크게 위험한 구간이 없어서 낙오된 적도 없다. 그래서인지 산악회로 오른 등산에서는 불쑥 떠오르는 기억도 없다. 굳이 꼽자면 철쭉으로 유명한 황매산에서의 비현실적인 풍경이 흐릿하게 기억날 듯 말 듯하고 단석산에서의 진달래 터널도 아름다웠다. 천성산 공룡능선에서 처음으로 바위 사이로 내려온 밧줄을 잡고 올라갔는데 놀이기구 타는 것보다 훨씬 재밌었다.

산악회 등산은 산행 과정 그 자체보다는 산행이 끝난 뒤의 장면이 몇 가지 기억에 남는다. 산행을 먼저 끝내고 버스 탑승 시간이 남으면 식당에서 뒤풀이가 벌어졌다. 막걸리와 도토리묵이면 어색한 사이는 금방 좁혀졌다. 산을 중심으로 모인 자리다 보니 주제는 자연 산으로 모아졌다. 이 산 가보셨어요? 저 산 가보셨어요? 하며 서로에게 훌륭한 정보 교류의 장이기도 했으나, 그 중 꼭 이런 사람이 있었다.

"지리산 가보셨어요?"

"네, 중산리에서 올라봤죠."

"에이, 중산리 코스는 별 볼 거 없죠."

자신이 얼마나 많은 산을 올랐고, 힘들게 올랐으며, 안 올라본 산이 없다는 걸 이야기하며 다른 사람의 발언 기회를 가로막는 사람이 있었다. 어린 내가 느끼기에도 꼴불견이었다.

우리는 프로 산악인이 아니다. 취미로, 혹은 심신수양의 목적으로 등산을 한다. 일종의 문화적인 행위이자 교양에 가까운 행위이다. 문화적인 행위는 본질적으로 쓸데없는 것이고, 쓸데없는 것의 훌륭한 점 중 하나는 굳이 우열을 가릴 필요가 없다. 내 말이 아니라 소설가 임성순이 쓴 에세이《잉여롭게 쓸데없게》(행복, 2019) 238쪽에 나오는 구절이다.

그렇다. 산행 경험에 우열을 가릴 필요는 없다. 그럼에도 어떤 사람은 산행이 자신의 정체성을 보여주기라도 한다는 듯,

자신의 산행 경험을 과시하고 타인의 산행 경험을 깎아내렸다. 당연히 이런 사람과 함께 술을 마시려는 사람은 없었다. 꼴불견 아저씨를 보고 어린 나는 다짐했다. 내 말은 적게 하자, 남의 말을 듣자.

하지만 다짐은 다짐일 뿐, 잠시라도 방심하면 나도 내 이야기를 하고 싶은 충동을 어찌할 수 없을 때가 점점 많아진다.

▲ 무주 덕유산, 산악회 버스 안 스케치

주 6일제를 겪어보지 않은 MZ 세대는 관광버스 춤을 모를 텐데, 'DJ DOC'의 관광버스 춤을 처음으로 산악회 버스에서 봤다. 그 시기 모든 산악회가 그랬던 건 아니다. 나 역시 딱 한 번 본 신기한 경험이었다.

산행을 마치고 돌아오는 버스 안에서 마이크가 돌아갔다. 흥겨운 노래가 나오면 술에 얼큰하게 취한 아저씨 몇 분이 통로로 나와 어깨를 들썩였다. 어린 나에게도 마이크 차례가 돌아와 노래를 부른 거 같긴 한데, 무슨 노래를 불렀는지까지는 기억이 나지 않는다. 그 시기 난 터보를 좋아했으니 아마 터보의 1집 '검은 고양이'가 아니었을까.

반면, 덕유산에서 부산으로 돌아왔던 버스는 고요 그 자체였다. 덕유산 산행은 시작부터 웃긴 이유로 성사되었다.

겨울방학이었다. 방학 숙제를 하는데 대략 난감인 과제가 있었다. 사진을 찍어 증명해야 했다. 눈을 모아서 녹인 뒤 그 부피 차이를 측정하라는 숙제였다. 이게 바로 '수도권 패권주의'다. 부산에는 10년에 한 번 눈이 쌓일까 말까인데 대체 눈을 어디서 구하란 말인가.

방학숙제를 하기 위해 눈 구하러 높은 산이라도 올라야 할 판이었다. 마침 산악회 버스들은 눈이 많이 오기로 유명한 덕유산(1614m)으로 향하고 있었고, 나는 방학숙제도 할 겸 덕유산으로 향하는 버스에 올라탔다.

곤돌라로 덕유산 정상까지 올라가기 훨씬 쉬워진 지금은, 굳이 구천동에서 백련사를 거쳐 향적봉까지 올랐다 내려가는 사람은 거의 없다. 예전에는 이 길이 덕유산 향적봉 표준 루트였다. 부산에서 무주는 멀었다. 그래서 덕유산 행 버스는 다른 버스보다 1시간 정도 일찍 출발했다.

구천동에서 향적봉까지도 진절머리 나는 길이었다. 게다가 눈까지 엄청나게 내렸다. 덕분에 방학숙제는 무사히 해결했지만 산행에 엄청난 체력을 소모했다.

버스를 가득 채운 등산객들은 버스에 타자마자 곯아떨어졌다. 가는 길, 오는 길 모두 버스를 채우는 소리는 낮게 코고는 소리가 전부였다. 돌아오는 버스에서 나는 졸리지 않았다. 근육을 너무 많이 써서인지 잠이 오지 않았다. 덕분에 스쳐가는 차창 너머로 풍경을 지겹도록 봤다. 해가 저물 때 느껴지는 형언할 수 없는 불안감과 함께 대한민국 육지에서 세 번째로 높은 산을 찍었다는 성취감이 묘하게 섞여 더욱더 잠을 이룰 수가 없었다.

산악회 버스 안, 떠오르는 마지막 장면은 달리는 버스 안에서 스크린으로 본 다른 산의 압도적인 장면이었다. 꽤 역사가 오래된 한 산악회였다. 회장 아저씨가 지금까지 오른 산과 앞으로의 산행에 관해 소개했다.

처음에 영동 천태산에 관한 사진 자료를 보여줬다. 길게 이어진 바위 사이로 내려온 밧줄이 인상적이었다. 그리고 앞으로 진행할 해외 원정 산행에 관한 이야기가 이어졌다. 00주년 기념으로 일본으로 등반을 계획 중이라고 했다. 관심 있는 회원은 미리 상의하라는 안내였다.

얼마 전에 보았던, 대구에서 국민학생 형제가 아버지와 함께 킬리만자로에 올랐다는 뉴스가 생각났다. 국민학생도 오를 수 있다니 인생의 목표, 아니 내 인생 등반의 목표로 삼아도 되지 않을까. 나는 다짐했다. 커서 돈을 벌고 그 돈을 내 마음대로 쓸 수 있다면 아프리카 킬리만자로에 올라야겠다고.

바야흐로 롯데 자이언츠 박정태의 흔들거리는 타법을 부산의 모든 국민학교 남학생들이 따라 하던 시절이었다. 커서 뭘 하고 싶은지에 관한 조사에 남자들은 프로야구 선수를 썼고, 공부 좀 하는 친구들은 판사나 검사, 의사를 택했다. 나는 킬리만자로 등반을 썼다.

집에서도 사뭇 진지하게 아버지에게 킬리만자로는 어떻게 하면 오를 수 있는지를 물었다. 데려가주면 안 되냐고도 졸랐다. 아버지는 우리 차를 엑셀에서 갤로퍼로 바꾸면 안 되냐는 나의 순진한 물음처럼 킬리만자로 등반을 귓등으로 흘리셨다. 나는 대한민국에서 가장 높은 한라산도 오르지 못한 채 나의 유년시절을 끝내야 했다.

아, 나의 요구는 몇 년 뒤 갤로퍼가 아니라 무쏘로 성사되긴 했다.

Q. 등산의 매력은 무엇인가요?

A. 글쎄요, 저는 사진 찍으러도 가고, 운동 겸 가고, 새로운 사람을 만나러도 갑니다. 그런데 생각보다 운동 효과는 덜한 거 같아요. 오히려 산에 가기 위해 운동을 한다는 게 진실이 아닐까 싶습니다. 집 근처에 산이 있다면 자주 가겠지만 그렇지 않아서 한 번 산에 가려면 큰 마음을 먹어야 하기 때문이지요. 사람 만나는 것도 점점 어려워지고……. 아름다운 풍경을 두 눈으로 직접 보고 싶고, 그 순간을 사진으로 담으려는 욕망이 저를 산으로 이끄는 듯합니다.

Q. 산에 가려면 무엇이 필요한가요?

A. 산을 오르내리기 편한 옷차림, 신발, 장갑 정도는 필수품이고요. 그러니까 등산복, 등산화, 등산 장갑이겠죠. 각자의 산행 기호에 따라 스틱, 모자 정도가 추가되겠네요. 겨울에는 아이젠과 스패츠가 필요하고요. 특히 겨울 산행에 나설 때는 옷차림에 주의하셔야 합니다. 엄청 추운 겨울에 도시가 영하 10도까지 떨어진다고 하면, 산은 더 추워요. 해발 100m씩 올라갈 때마다 약 0.7도씩 낮아진다고 하죠. 이 정도면 산소 농도를 제외하고 기온으로만 치면 거의 여름에 에베레스트를 등정하는 난이도입니다. 보온성이 뛰어나고 방수·방한 기능이 있는 옷이 좋겠죠. 야간 산행이라면 헤드랜턴과 손

전등이 필요합니다. 보통은 헤드랜턴이 편하다고 하는데, 저는 손전등을 선호합니다. 어디를 밝힐지 조절하기가 손전등이 더 수월하거든요.

Q. 산에서 갑자기 응가가 마려워요.

A. 참을 수 있을 만큼 참고 못 참겠다 싶으면 해결하셔야겠죠. 인기 많은 산이 아니고서는 화장실이 부실한 산이 많습니다. 산에 가기 전날, 배탈 나지 않을 음식을 섭취하시고 아침에 편한 화장실에서 볼일을 다 끝낸 뒤 산에 오르는 것 말고는 딱히 방법이 없습니다. 소변의 경우에는 저도 이뇨 작용이 활발해서 화장실에 꽤 자주가는 편인데 산에 오르다 보면 땀으로 많이 배출해서 4~5시간 정도 산행에 소변이 마려운 적은 거의 없었네요.

Q. 산을 오르다 다리에 쥐가 났어요.

A. 쥐가 나타나지 않게 쥐덫을 놓거나…… 죄송합니다. 산행 중 쥐가 났을 때는 아스피린을 섭취한다든지 뒤로 걷는다든지 하는 응급 처치가 있지만 산행 초반에 쥐가 났다면 그냥 내려가는 게 답입니다. 다리에 쥐가 났다는 건, 그 산을 오르기에 몸이 준비되지 않았다는 뜻입니다. 평소에 운동을 하지 않았다는 의미죠. 저도 20대까지는 다리에 쥐 난 적이 없었습니다. 10대 때 뛰어놀며 기른 체력이 20대까지 이어진 거죠. 그게 30대로 접어드니 꺾이더라고요. 30대 이후로는 산을 길게 타기 전에 충분히 예열을 하지 않으면 어김없이 쥐가 올라옵니다. 나는 다리에 쥐가 나지 않는 체질이다?

안심하지 마십시오. 30대 이후로 접어들잖아요. 운동하지 않고 산에 오르면 어김없이 다리에 쥐들이 올라붙을 겁니다. 피리 불지 않더라도요.

Q. 연애가 하고 싶은데요. 등산 동호회에 가는 건 어떨까요?

A. 좋은 생각은 아닙니다. 등산 동호회 활동을 하며 연애하고 결혼까지 이어지는 경우도 아주 가끔 보긴 했지만 타 동호회에 비해 성사 확률이 그다지 높지 않습니다. 일단, 무엇보다 산에서는 '옷빨'이나 '머리빨'이나 '화장빨'을 세울 수 없죠. 가끔 산에서 만난 사람들과 도시에서 갑자기 만나보면 헉, 하고 놀라게 됩니다. 이렇게 잘 생겼다니, 이렇게 아름다웠다니! 하면서요. 뭐 이런 식으로 뒤늦게 후애後愛가 생길 순 있겠네요. 그러자면 산에서 만난 인연을 평지로까지 이어가려는 각고의 노력이 필요하겠고요. 연애가 목적이라면, 다른 동호회 활동을 추천…….

Q. 그 밖에 조심해야 할 게 있나요?

A. 호랑이 담배 피던 시절이 끝난 지금 한국 산에서 만날 수 있는 가장 위험한 동물은 멧돼지가 아닐까 싶어요. 멧돼지는 전국 곳곳에서 만날 수 있습니다. 멧돼지가 다닐 만한 깊고 큰 산에는 가급적 두 명 이상 다니는 게 좋아요. 두 명이서 멧돼지를 잡을 수는 없겠지만 그래도 여러 명의 인기척을 느끼면 짐승들도 함부로 다가오지 못하거든요. 살모사와 같은 독사는 수풀이 우거진 산에서 몇 번 만났습니다. 먼저 건드리지 않으면 뱀이 먼저 공격하진 않는다

고 합니다. 그밖에 버섯, 들나물, 이런 걸 만지거나 먹으면 삐뽀삐뽀 응급 상황이 발생할 수 있으니 보는 걸로 만족합시다. 아, 그리고 주차 문제. 대도시만 주차 문제가 심각한 게 아닙니다. 계절별로 사람들이 많이 찾는 산이 있어요. 이런 곳은 주차장이 아무리 넓다 해도 주차할 공간이 부족할 수 있습니다. 새벽 일찍 이동하거나 평일에 가거나…… 주차 문제에는 딱히 답이 없네요. 가을에 정선 민둥산에 간 적이 있었거든요. 어렵사리 난 자리에 주차하고 올라갔는데 내려와보니 제 차 앞에 다른 차가 서 있는데 좁은 공간으로 도저히 못 나가겠더라고요. 차 앞에 적혀 있는 번호로 전화하니 정상에 있다고 조금만 기다려 달라고……. 가끔 이런 일도 생깁니다.

Q. 산행에 에티켓이 있을까요?

A. 예전에는 모르는 사람들끼리도 오가며 '반갑습니다'를 했는데 요즘은 하는 사람도 있고 안 하는 사람도 있어요. 제 느낌상, 대도시 근처에 위치한 산일수록 이런 인사를 안 주고받는 것 같고요. 교외 산으로 가면 여전히 이런 인사를 건네시는 산객을 꽤 만납니다. 시대정신이 공동체에서 위대한 개인으로 옮겨가는 추세니 모르는 사람에게 굳이 먼저 인사를 건넬 필요는 없습니다만, '반갑습니다'를 받으면 되받아주면 좋겠죠. 그리고 내려오다 보면 늘 받는 질문이 있습니다. "정상까지 얼마나 남았어요?" 늘 똑같은 대답을 해주시면 됩니다. "조금만 가면 돼요!" 아, 당연히 문화 시민이라면 산에서 쓰레기 안 버리는 건 기본인 거 아시죠?

2부

산을 오르며:
아프니까 걸었다

내가 어디 서야 할지
모르겠지만

초등학교를 졸업하며 머리카락이 싹둑 잘렸고, 여자 사람 친구가 끊겼다. 당시 부산 지역은 대부분 남중·남고, 여중·여고인 시절이었다. 남녀공학이 드물었다. 두발 단속도 심했다. 산행 경험도 긴 시간 단절됐다. 남중·남고 6년 동안 거의 산에 오르지 못했다. 사춘기로 접어든 나는 어머니와 아버지와 어울리기보다는 혼자 있거나 친구들과 노는 걸 택했다.

▲ 절영 해안산책로, 고3의 마지막 순간

책장에 꽂힌 《한국 100명산》, 《한국 200명산》 위로 먼지가 뽀

얇게 쌓여갔다. 이 시기에는 산보다는 농구에 빠졌다. 각자 진학할 대학이 정해지고 2학기 종업식 날 함께 농구하던 친구들끼리 약속했다. 새벽 4시에 학교 체육관에 모여 농구하고 아침에 매점에서 컵라면을 먹은 뒤 종업식을 맞자고.

우리는 손지창이나 김민종이 아니었고 우리를 옆에서 지켜보던 심은하도 없었지만, 고3을 끝내기 전 마지막 승부를 벌이기로 했다.

예나 지금이나 지각이란 걸 끔찍하게 싫어하는 나는 10분 전에 강당에 도착해 친구들을 기다렸다. 4시가 지나도 오지 않았다. 그날 모이기로 한 사람은 4명이었다. 한 명씩 돌아가며 전화를 걸었으나 신호음만 길게 갈 뿐 누구도 받지 않았다. 20분 더 기다렸지만 결국, 아무도 오지 않았다.

불 꺼진 텅 빈 체육관은 스산하고 무서웠다. 혼자서 공을 던질 용기는 없었다. 밖으로 나갔다. 가로등 불빛과 달빛을 받은 중리해변의 해안선이 희미하게 보였다. 그래, 절영 해안산책로를 따라 걷자. 절영 해안산책로는 봉래산의 서남쪽 하단을 지나가는 길이다. 정상으로 오르는 길은 아니지만 어쨌거나 오랜만에 산에 온 셈이었다. 오늘날, 이 산책로는 전국적으로 유명해진 흰여울길까지 이어진다.

내가 좋아하는 구간은 흰여울길 반대편에 있는 구간으로

중리해변과 가까운 쪽이다. 이쪽 길은 날카로운 절벽 사이로 난 계단을 오르내릴 수 있는데 산행하는 기분이 나면서 바다를 조망할 수도 있다. 그 날 나는, 바람맞은 나는, 동이 틀 때까지 이 길을 걸었다. 대학에 가서 다시 산을 오르리라 다짐하면서……

나중에 그날 모이기로 했던 친구들에게 왜 안 왔느냐고 물었다. 모두 한결같이 말했다.

"진짜였나? 농담인 줄 알았지."

▲ 산에 소홀했던 그때 나는

대학에 가서는 수학이나 물리처럼 해야 하는 공부가 아니라, 철학이나 역사처럼 하고 싶은 공부를 하고 듣고 싶은 수업을 골라 들을 수 있으리라 기대했다. 당시 대학은 학과제에서 학부제로 변하는 과도기 상태였다. 나는 인문학부로 입학했다. 1, 2학년 때는 전공 탐색 기간이고 3학년부터 원하는 전공을 정하는 학제였다.

우리의 직속 선배라고 소개한 2학년은 우리와 마찬가지로 학부생이었다. 3학년부터는 학과 소속이었다. 기묘한 상황이었다. '~과'도 아니고 '~반'도 아닌, 뭉쳐서 과반이라고 불렀다. 이보다 더 어색하게 다가온 건 과 학생회를 주도하던 선배들의 언행이었다. 많이 옅어지긴 했어도 선배들에겐 여전히 운동권 문화가 남아 있었다. 우리는 신입생 환영회에서 민중가요와 율동(몸짓이라고 했다)을 배웠고, 나눠준 소책자에는 페미니즘과 비정규직 노동에 관한 글이 실려 있었다.

개강하고 3월부터 자주 술자리가 벌어졌다. 과반 방에 밍기적거리다 보면 선배들이 데리고 가서 함께 술을 마셨다.

"친구는 고민이 뭐예요?"

사실, 당시 내 고민은 딱히 없었다. 이 질문에 뭐라고 답해야 하는지가 고민이었다. 아무 대답도 안 하면 '골 빈' 새내기처럼 보일 것 같았다. 나는 솔직히 술자리에서 구조조정이나 신자유주의가 아니라, 원래 학문적 관심사였던 니체나 불교 사상을 이야기해보고 싶었다. 아니, 진짜 솔직하게 말하자면 소개팅, 미팅, 연애, 이런 이야기가 더 필요했다.

그런데 이쪽 화제로 대화를 끌어가는 선배들은 드물었다. 어느 정도 취기가 올라오면 학생회에서 일해보자고 제안했다. 학생회에서 일한다는 건 노동, 페미니즘, 소수자 관련한 다양한 집회에 참석한다는 의미였다.

일부 선배들은 대학생이란 지식인이고, 지식인의 사명은 사회참여라고 이야기했다. 별로 설득되지 않았다. 지금이 식민지 시기나 해방 전후도 아니고 대학 학부생 정도가 어찌 감히 지식인일 수 있는지 공감이 가지 않았다.

술자리에서 계급과 노동에 관심 많던 한 선배와 이런 대화를 나눴다.

"선배, 저는 누가 옳은지 모르겠거든요. 아직 다 공부한 것도 아니고요."

"나도 마찬가지지."

"그런데 왜 우리들에게 선배들의 세계관과 선배들의 행동을 강요하죠? 저는요, 책이나 신문을 보면 똑똑한 사람들끼리도 서로 반대되는 이야기를 하잖아요. 그럴 때마다 뭐가 맞는지 모르겠어요. 제 스스로 판단할 수 있을 때까지 혼자서 좀 더 공부해보고 싶습니다."

"앎이 중요하지 않아. 아니, 중요하긴 하지. 그런데 그보다는 어떤 편에 서는지가 먼저야. 논리는 그 다음이지."

입장이 먼저이고 논리는 나중이라는 선배의 말이 맞다는 사실은 살면서 때때로 느꼈지만, 학생 운동이 시대정신인 시절은 이미 지났다. 선배의 말이 맞든 틀리든, 일부를 제외하면 우리들 대부분은 운동권 선배에 크게 매력을 느끼지 못했다.

보통 1996년 연세대 한총련 사태를 학생 운동이 쇠퇴한 결정적 국면이라고 평가한다. 학생 운동에 깊이 발 들이지 않은 처지로 감히 내가 평해도 될지는 모르겠지만 경험해보니 한총련 사태 못지 않게 학부제로의 전환 역시 학생 운동이 몰락하는 큰 계기였다.

학부생으로 입학한 우리들은 3학년에 정할 전공이 달랐다. 무조건적인 소속감을 느낄 여지가 없었다. 그렇다면 선배들이 만들어줘야 했을 텐데, 학생회를 주도한 운동권 문화는 신입생인 우리들은 물론 2학년 이상인 사람들에게도 부분적인 동의만 받은 상황이었다. 자연스레 이런 문화에 반감을 갖게 된 나는 인터넷신문 동아리에도 기웃거려보고, 몇 없는 고등학교 선배나 사촌 형을 찾기도 했지만 대학 생활의 많은 시간을 홀로 보냈다.

1학년은 기숙사에서, 2학년은 자취방에서 생활하며 서울 생활에 어느 정도 적응하겠다 싶은 시점에 영장이 나왔다. 나는 '내가 몰랐던 신체상 결함이 나와서 4급 나오게 해주세요. 저처럼 왜소한 사람보다는 키 크고 어깨 벌어진 사람이 전방에 서는 게 국가 차원에서 전투력 강화에도 도움이 될 거예요. 제발이오'라고 빌었건만 나는 건강했다. 1급이 떴고 군 입대를 위해 휴학했다.

그렇게 2학년 2학기를 끝내자마자 자취방을 정리하고 부산으로 내려왔다. 산이 다시 눈에 들어온 건 그때였다. 대학에 가기 전 지긋지긋한 입시 공부를 마치면 산에 자주 다니겠다고 다짐했지만 대학생이 되고 2년 동안 산에 오른 적은 단 한번도 없었다. 2학년 때, 친구들과 포천 백운계곡에 간 게 아마도 산에 가장 근접한 기회였다. 그때도 산에는 오르지 않고 계곡에서 놀다가 포천 막걸리를 마시며 펜션에만 머물렀다.

어릴 때 자주 올랐던 영도 봉래산부터 찾았다. 대학 생활 2년 동안 늘어난 건 뱃살이요, 줄어든 건 허벅지 근육이었다. 차근차근 단련해 군 입대 전에는 대한민국 산객이라면 누구나 한번쯤 꿈꿔본다는 지리산 종주를 해 볼 심산이었다.

▲ 부산 금정산, 다양한 종교성이 모인 고당봉

봉래산에서 내 몸에게 '이제 산에 차근차근 올라갈 테니 긴장 좀 해라'는 신호를 준 뒤 부산에서 가장 높은 금정산을 찾았다.
　부산의 산은 대개 300~600m 높이다. 금정산은 801m로 다른 부산의 산과는 체급이 달랐다. 높이만이 아니라 남북으로 길게 이어진 능선이 뿜어내는 아우라도 크다. 양산 다방리에서 시작해 금정산 고당봉을 찍고 백양산까지 이어지는 이른

바 '금백 종주'는 압권이다. 20km가 넘는 거리에 거의 10시간 정도를 걸어야 한다.

부산의 등산 코스 중 최고를 꼽으라면 단연 금백 종주다. 아무리 가물어도 마르지 않는다는 금샘을 품고 있는 고당봉, 가을 억새가 장관인 장군평, 대한민국 산성 중에서 가장 규모가 큰 금정산성, 산성을 따라 걸으며 부산 시내를 전망할 수 있는 장쾌한 능선, 원효봉과 의상봉 등 신라 고승의 흔적이 깃든 봉우리 등 볼거리가 많은 코스다.

막 산행을 다시 시작한 터라 금백 종주는 무리라 판단했다. 고당봉 코스는 범어사에서 올라 동문으로 하산하는 길이 일반적이다. 그보다는 좀 더 걷고 싶었다. 하여 금정산성 남문에서부터 동문과 북문을 거쳐 고당봉에 오른 뒤 호포로 빠지는 길을 택했다. 남문에서부터 북문까지 가는 길은 크게 어려운 구간 없이 걸었다.

지금은 안전 시설이 잘 갖춰졌지만, 고당봉은 장군봉 쪽에서 접근하든 범어사 쪽에서 접근하든 정상부가 바위로 이뤄져 있어 위험했다. 조심조심 네발로 기어올랐다. 사방팔방이 다 뚫린 시원한 조망은 고생에 대한 보답으로 충분했다. 금정산은 부산에서도 북쪽 끝에 위치해 바다는 희미하게 보인다. 이곳에서 뚜렷하게 볼 수 있는 건 양산 천성산 방면과 낙동강 그리고 부산 시가지다.

솟아 있는 바위 위로 물 웅덩이가 보였다. 금샘이었다. 부산에서 20년을 살면서도 금정산 고당봉에 오른 건 이번이 처음이라, 고당봉 근처에 위치한 금샘을 맨눈으로 보는 것 역시 최초였다. 금샘도 금샘이지만 그보다 더 눈길을 끄는 장면이 있었는데 바위 위에서 결가부좌 자세로 꼿꼿하게 명상 중인 아저씨였다. 한참을 봤건만 미동도 없었다.

눈을 돌려보니 다른 한쪽에서는 한 중년 여성 분과 비구 한 분이 대화를 나누고 계셨다.

"스님은 법당에 계시지, 왜 여기까지 오셨어요?"

"아, 절에 있으면 계속 사주 봐달라고 하잖아."

"봐주면 되죠. 그것도 인생 상담이잖아요."

"인생사, 고통이지. 사주 본다고 고통이 없어지나."

"에이, 그래도 스님이 워낙 용하시잖아요. 들어주는 것만으로 좀 고통이 덜해지지 않을까요."

"결국은, 스스로 짊어져야 해."

금정산 고당봉은 이날만큼은 다양한 인간의 종교성이 모여 있던 공간이었다. 마침, 3학년을 앞두고 전공을 정하기 전이었고 나는 니니안 스마트의 《종교와 세계관》과 마르치아 엘리아데의 《성과 속》을 재밌게 읽고 있었다. 독서와 산행이 궤를 같이 한다는 생각이 들었고, 종교학을 더 공부하고 싶었다. 그렇게 나의 전공은 결정되었다.

좌선하는 아저씨가 얼마나 더 저 자세로 버틸지, 스님과 신도분의 대화가 어떻게 이어질지가 궁금하긴 했지만 배가 고파서 내려가기로 했다.

하산길은 호포로 정했다. 그때만 해도 호포로 향하는 등산로는 길이 선명하지 않았다. 길이 중간 중간 끊어져 있었고 인적도 드물었다. 잠시 이대로 길을 잃어버리는 건 아닌가 등에 식은 땀을 쫙 빼고는 1시간 10분 정도 내려오니 지하철 2호선 호포역이 보였다.

'그럼 그렇지, 강원도도 아니고 부산의 산에서 길을 잃기엔 내 등산 경력이 몇 년인데!'

혼잣말로 중얼거렸으나 막상 몇 년 되지 않았다. 이대로 군대에 가야 한다니 새삼 대학에서 산행 없이 흘려보낸 2년이 후회스러웠다.

주위를 둘러보면
누군가는 그래도
내 곁에

부산 최고봉 금정산을 꽤 오랜만에 올랐는데도 20대 초반이라 그런지 그다지 힘들지 않았다. 군대 가기 전, 못 가본 부산 근교산을 다녀보기로 하면서 다음 산행을 김해 신어산으로 정했다.

친구 H와 함께 가기로 했다. 그와는 초·중·고 12년을 무려 같이 다녔다. 국민학교 1학년 때부터 알고 지내던 사이다. 그래서 서로의 흑역사를 너무도 잘 안다.

▲ 김해 신어산, 오랜 친구와 막걸리

H는 김해에 있는 대학으로 진학했다. 산에 별다른 관심이 없던 친구라, 학교 바로 옆에 있는 신어산도 올라본 적이 없었다. 신어산은 634m로 높지는 않지만 평소 운동량이 거의 없는 친구와 함께한 산행이어서 속도는 더디었다.

우리는 소방서 앞에서 시작해 인제대와 하키장을 거쳐 정상에 올랐다. 아래에서 올려다본 신어산은 정상부 바위가 인상적이었다. 대도시 근처 산답게 길이 잘 닦여 있었다. 곳곳에 진달래가 피고 있었지만 나무에는 아직 연두색이 올라오기 전이라 전반적으로 산은 황량했다.

"민규, 잠시만 좀 쉬자."

"민규, 지금이 6.25 피난 가나? 뭐가 그리 급하노. 여기가 최남단이다, 피난 갈 데도 없다."

"아, 진짜 마지막으로 한 번만 더 쉬자."

산행은 수업과 비슷하다. 사람에 따라 다르긴 해도 보통은 50분 걷고, 10분 쉬는 게 보통이다. 그런데 우리는 20분 걷고, 10분 쉬기를 반복했다. 그렇게 신어산 정상에 올랐다. 산불이 난 지 얼마 되지 않아 정상에서 조망은 막힘이 없었다. 얼마 전 다녀온 금정산 고당봉이 손에 잡힐 듯 지척이고, 그 앞으로 낙동강이 흐르고 있었다.

"1학년 수업시간 때 니 똥 싸서 집에 간 거 기억나나?"

"여자친구 나타나면 줄 거라고, 종이학 천 마리 접더만 그거 다 버렸나?"

"중학생 때, 길거리에서 고등학교 누나들한테 돈 뜯긴 거 얼마였지?"

이런 시답잖은 서로의 추억을 나누며 우리는 산에 올랐다가 내려왔다. 대학 선배, 동기와 나누었던 대화와는 결이 달랐다. 논리나 근거로 밀리지 않으려고 잔뜩 긴장하며 술 마시는 자리와는 달리 마음이 편했다. 지적 쾌감이나 세계관의 전환은 없었지만 홀가분했다. 죽마고우와 함께한 기분 좋은 산행이었다.

"야, 근데 대학교 가서 여성들한테 말 걸려니까 참, 말이 안 나오더라."

우리는 남중·남고 6년을 보내면서 연애하지 못하는 다수에 속하며 여친 있는 소수를 동경하던 처지였다. 대학 가서도 그런 상황은 크게 나아지지 않았고 봄꽃 피는 4월, 이렇게 둘이서 산을 올랐다.

등산 후 막걸리를 먹는 게 소원이라는 친구화 함께 막걸리집에 앉았다. H는 생전 처음으로 등산을 해 봤는데 좋았다고 했다. 우리 둘 중 하나라도, 결혼을 할 수 있을지는 모르지만 가정을 이루고 자식을 낳는다면 우리 자식들도 서로 알고 지내면 좋겠다는, 가족끼리 이렇게 산에 오르면 좋겠다는 이야기를 나눴다.

"등산 갔다 내려와 이리 막걸리 한잔 하면 그게 행복이지, 인생 별 거 있나?"

H는 나에게 무사히 제대하고 다시 보자고 했다. 술이 들어간 영향도 있겠지만 눈물이 찔끔 났다.

요즘 산 아래서 막걸리를 마시면 그때 기억이 떠오른다. 왜냐하면 H와는 이런저런 이유로 이제 다시는 볼 수 없는 사이가 됐기 때문이다.

▲ 포항 내연산, 입대 전 마지막 가족 산행

신어산에 다녀오고 바로 다음날은 식목일이었다. 지금은 법정 공휴일에서 제외되었지만 2005년에는 공휴일이었다. 아버지와 어머니와 함께 포항 내연산으로 향했다. 입대일은 성큼성큼 앞으로 다가오고 있었다. 하루하루가 아까웠다. 이왕이면 오래 걸어보고 싶었다. 내연산은 향로봉까지 가면 오래 걸을 수 있는 산이다.

대개의 산은 가장 높은 봉우리가 정상이기 마련인데, 내연

산의 주봉은 향로봉(930m)이 아니라 삼지봉(711m)을 일컫는
다. 블랙야크 100대 명산 인증처도 삼지봉이다. 정확한 계기
는 모르겠지만, 산행 기점인 보경사로부터 향로봉이 너무 먼
이유도 클 듯하다. 향로봉까지 다녀오기 위해서는 왕복 20여
km, 8시간을 걸어야 한다. 오롯이 하루를 다 써야 했다. 그래
서 대개는 삼지봉까지만 갔다 내려오는 게 보통이다. 그럼에
도 내연산 계곡을 제대로 보고 싶다면 향로봉으로 향하는 길
을 걷는 게 좋다.

　내연산은 국립공원도 아니고 접근하기도 편하지 않기에 그
렇게 유명한 산은 아니다. 산에 관심 있지 않다면 존재를 모르
는 사람이 많다. 그렇지만 영상으로 내연산을 한 번쯤 본 사람
은 꽤 많을 것이다. 최근 폭발적인 인기를 끈 넷플릭스 드라마
〈킹덤〉 시즌 1에서 의녀 서비가 생사초를 찾아 헤매는 장소로
등장하는 곳이 내연산 관음폭포다. 그밖에도 내연산 계곡은
수려한 계곡미 덕분에 여러 영화나 드라마의 촬영지가 되었
다. 영화 〈가을로〉, 〈남부군〉, 드라마 〈대왕의 꿈〉을 이곳에서
찍었다.

공휴일이라 산행 들머리인 보경사에는 사람이 많았다. 등산
객보다는 보경사와 계곡만 구경하려는 차림의 사람들이었

다. 보경사는 불국사 말사^{본사의 관리를 받는 작은 절}로, 삼국 시대 신라 진평왕 시절 창건했다고 전해진다. 기나긴 역사를 자랑하듯 여러 문화재가 있었는데 내 눈에 가장 먼저 들어온 건 수령 800년의 회화나무였다. 인간도 800년을 살 수 있다면 얼마나 좋을까. 세계 곳곳의 산을 다 올라볼 텐데…….

보경사를 둘러본 뒤 계곡길을 따라 올라갔다. 가문 봄에도 수량이 풍부했고 폭포 소리도 장쾌했다. 폭포 산행을 즐기는 사람에게 내연산은 꼭 가봐야 할 곳이다. 하이라이트라 할 수 있는 관음폭포 외에도 시명폭포, 실폭포, 연산폭포 등 다양한 폭포가 눈을 즐겁게 한다.

위로 향할수록 사람들이 줄어들었다. 은폭포에서부터는 한 명도 만나지 못했다. 향로봉으로 향하는 팀은 우리 가족뿐이었다. 이정표에는 '시명리'라는 지명이 표시되어 있었다. 시명리는 화전민촌으로 1970년대 시행된 '화전정리사업'으로 이곳에 살던 주민들은 모두 이주했다고 했다.

살아가던 터전을 뒤로하고 새로운 곳으로 가야 했던 사람들의 심정은 어떠했을까. 기름보일러로 난방하는 게 당연한 내게 화전민의 삶은 고대사처럼 멀게만 느껴졌다. 불과 30~40년 전인데 말이다.

"사실 그때는 전국 농민들 대부분이 화전민이라고 봐야지.

나도 나무하러 많이 다녔고. 아버지(내게는 할아버지)도 학교 가는 것보다 나무하러 가는 걸 더 좋아했으니까. 학교 가서 뭐 하노, 산에 꼴 베러 가는 게 더 낫지."

시명리를 지나면서 아버지는 한국전쟁 직후의 농촌 풍경을 이야기했다. 보릿고개와 민둥산. 먹을 걸 구하러 산에 갔고, 땔감으로 쓸 나무를 베었다. 화전하여 감자를 심었다. 지금은 절판되어 구하기 힘든 책인데《백두대간 민속기행》에서 나오는 이야기도 비슷하다.

《백두대간 민속기행》(최상일 지음, MBC 프로덕션, 2009)은 동네 서점에서 우연히 발견했는데 제목만 보고 바로 샀다. 내가 기대한 '민속'은 최소한 조선 후기의 모습이었다. 그런데 책을 읽어보니 책에서 등장하는 산촌은 대개 빠르면 일제 시대 그리고 대부분은 한국전쟁 후에 형성된 곳이었다. 전쟁으로 온 국토가 황폐해지고 변변한 일거리도, 생산 수단도 없던 시기 일부 무산자들은 산으로 향했다.

화전하고 숯을 굽고 산에서 약초를 구해 어떻게든 생계를 이어가고 마을을 만들어갔다. '민속기행'과 더불어 제목을 이루고 있는 또 하나의 단어인 '백두대간'이라는 단어에서 보듯 이러한 화전은 거의 전국적으로 이뤄졌다. 시명리는 아마 이런 마을 중 하나였을 테다. 이런 점에서 보자면 한국의 산은

한국의 근대화를 지탱한 숨은 조연일 수도 있겠다는 생각이
들었다.

전국적으로 산재하는 화전민 마을은 사라졌지만 산에서 삶을
살아가려는 욕망은 현대에도 여전하다. 리얼 다큐 〈나는 자연
인이다〉에 등장하는 사람이 그러하고, 사연의 주인공을 바라
보며 언젠가는 산에서 살아보겠다고 생각하는 사람들의 욕망
이 여전히 존재한다.

　한편 지금도 사유지에서는 함부로 임산물을 채취할 수 없
는데 도벌, 그러니까 나무를 몰래 베는 게 사회적인 문제여서
박정희 정권은 도벌을 5대 사회악으로 규정하고 강력하게 처
벌했다.

　마운틴 TV에서 방영한 다큐멘터리 〈산의 부활〉은 한민족
에게 산이란 무슨 의미였고 격동의 근대 우리 산이 어떻게 수
난을 겪었는지 알려준다. 특히 2부에서는 일제 강점기와 한
국전쟁을 거치면서 황폐화된 숲을 초록으로 바꾸기 위해 노
력한 관료, 기업가들의 사연을 소개한다. 이 시기 산림 녹화가
성공적이지 않았다면 지금 대한민국의 등산 문화도 없었으리
라. 시명리를 지나면서 순국선열에 대해 묵념을 하는 기분으
로 진중하게 걸음을 옮겼다.

이미 알던 대로 들머리에서부터 향로봉까지 오르는 길은 몹시 길었다. 휴식 포함 5시간을 걸어서야 마침내 향로봉 정상석이 나타났다.

향로봉 정상석 옆에 위치한 안내판에는 영덕, 청송, 포항 시가지가 조망된다고 나와 있으나 아무리 봐도 산밖에 안 보였다. 안내판 문구를 쓴 사람이 이곳에 안 올라보고 쓴 게 틀림없었다.

내려가는 길은 삼지봉과 문수산을 거쳤다. 능선길인데 조망은 없었다. 총 산행 시간은 8시간 20분. 가족과 함께 이렇게 길게 걸어본 건 국민학교 지리산 등산 이후로 처음이었다. 그리고 마지막이기도 했다. 이후에도 어머니와 지리산 일출을 보러 가기도 했고 아버지와 용문산에 오르기도 했지만 셋이 함께 갈 기회는 좀처럼 없었다.

전역하고 나서는 학업과 취업을 준비하느라 나는 나대로 여유가 없었고, 아버지도 회사 생활로 바빴다. 결혼하고 나서는 아이를 낳고, 원가족과 보낼 수 있는 시간은 추석과 설 그리고 여름 휴가 정도라서 원가족만 떠날 수 있는 긴 산행은 앞으로도 쉽지 않을 듯하다. 그래서 내연산에서 장시간 산행이 지금껏 애틋한 추억으로 남아 있다.

나는 우리 가족 사이가 꽤 괜찮은 편이라 자부하는데 이렇게 함께 걸은 시간이 쌓인 덕도 있는 듯하다. 꼭 등산이 아니라도 함께 걷는 시간이 있다면 관계가 돈독해진다.

함께 등산하면서 아버지는 입대 전 아들의 상황을 생각해서인지 주로 본인의 군대 이야기를 나눠주셨다.

"어떤 산이든 힘든 오르막만 있지 않다. 가다 보면 완만한 능선길도 나오고, 시원하게 발 담글 수 있는 계곡도 만난다. 편한 내리막 길도 있을 거고. 군대 생활도 마찬가지다. 평생 이등병 생활은 없다. 일병, 상병, 병장 될수록 익숙해지고 익숙해지면 편해진다. 병장에서 제대할 때는 오히려 제대하기 싫을 거다."

직접 경험해봐야 아, 그 말이 이 뜻이구나를 깨닫게 되는데 당시에는 머리나 가슴으로 와닿지 않았다. 유아가 어린이집 가기 싫고, 학생이 학교 가기 싫고, 직장인이 회사 가기 싫어하고 많은 미필자들이 그러하듯 그저 나는 군대 가기 싫고 두려웠다.

두려움을 잠시라도 잊고 싶었을까. 내연산에서 내려오고 일주일 뒤, 나는 또 산으로 향하고 있었다.

▲ 부산 승학산, 친구를 먼저 보내며

이번 산행은 고등학교 친구 K와 함께였다. 나의 입대는 5월, K는 4월. 그에게 연락했을 때, "이틀 뒤에 군대 간다, 잘 있어라"고 했다. 그냥 보낼 수 없었다. 만나자고 했다. 승학산에서.

만나보니 그의 머리카락 길이는 이미 논산 훈련소 기준에 맞춰져 있었다. 고등학교 다닐 때 두발 단속이 있긴 했지만 스포츠 머리는 아니었는데 빡빡 깎은 K의 머리를 보고 한참을 깔깔대며 웃었다.

그 친구는 승학산 근처의 대학을 다니면서도 정작, 한 번도 승학산에 오른 적이 없다고 했다(내 친구들은 하나같이 산을 싫어한다). 자연스레 우리의 산행지는 승학산으로 정해졌다. 승학산은 억새밭으로 유명해 가을에 특히 인기가 높다.

오전 9시에 만나기로 했는데 친구는 40분을 미루고, 또 25분을 더 미뤄서 10시 5분에야 모습을 보였다. 지각을 끔찍하게도 싫어하는 나와 달리 K는 고등학교 때도 자주 늦었다. 역시 사람은 20대 이후론 안 바뀐다(군대 가서도 저렇게 살면 곤란할 텐데).

날씨는 별로였다. 구름이 가득했고 대도시가 내뿜는 자욱한 안개로 주변은 흐렸다. 승학산은 497m로 낮은 산이다. 동아대 승학캠퍼스에서 정상까지 40분 정도 걸렸다. 나야 이 시기에 여러 차례 산에 오른 터라 이 정도 오르막은 빠른 걸음으로 단번에 오를 수준이었는데 친구는 입대를 코앞에 두고도 헉헉거리며 땀을 흘려댔다. K는 연신 거친 숨을 몰아쳤다.

시계가 그리 깔끔하진 않았으나 정상에서 내려다본 아래 세상은 장관이었다. 남쪽으로는 바다가 펼쳐져 있었다. 서쪽에는 낙동강이, 북쪽에는 엄광산으로 이어지는 능선이 이어져 있었다. 능선상에서 바라보는 경관은 얼마 전에 올랐던 금정산 고당봉보다 훨씬 뛰어났다. 빡빡머리에게 나는 나지막히 말을 건넸다.

"힘들제? 이제 능선길이다. 어떤 산이든 힘든 오르막만 있지 않다. 가다 보면 완만한 능선길도 나오고, 시원하게 발 담글 수 있는 계곡도 만난다. 편한 내리막 길도 있을 거고. 군대생활도 마찬가지다. 평생 이등병 생활은 없다. 일병, 상병, 병장 될수록 익숙해지고 익숙해지면 편해진다. 병장에서 제대할 때는 오히려 제대하기 싫을 거다."

K가 웃으며 말했다.

"니, 2년 뒤에도 그 말 나오나 보자. 내가 한 달 먼저 가지만 잊지 마라. 내가 한 달 먼저 제대한다. 그때도 제대하기 싫다는 말 나오는지 보자."

'어, 이게 아닌데⋯⋯.'

우리는 정상에서 조망을 마음껏 감상하고 능선길을 걸었다. 원래는 구덕산을 지나 엄광산과 구봉산을 거쳐 중앙공원까지 길게 길게 걸으려고 했으나 K가 꽃동네로 하산하자고 했다. 다 내려와서는 남포동에서 군대 가기 전 마지막 영화로 〈주먹이 온다〉를 볼까 했지만 K는 이마저도 거절했다. '메리지 블루'라는 게 있다는데 친구에게 '밀리터리 블루'가 온 모양이었다.

K를 덮친 밀리터리 블루는 내게도 찾아왔다. 승학산 이후로 한 달 동안 부지런히 올랐다면 4~5곳은 더 갔을 텐데 그러지 못했다. 만사가 귀찮았다. 만날 친구도 없었고, 잡을 약속도 없었다. 집에서 뒹굴면서 책을 읽었다. 활자가 눈을 스쳐 지나갈 뿐 뇌가 텍스트의 의미를 붙잡지는 못했다.

논산 훈련소로 입소하기 전 어머니, 아버지와 함께 천성산에 올랐다. 내 기억 속 첫 등산인 그 코스로. 풍경은 어린 시절 기억과 거의 그대로였지만 산 이름이 변해 있었다. 원효산은 천성산 제1봉으로, 천성산은 천성산 제2봉으로 이름을 바꿨다. 한국사에 굵직한 발자취를 남긴 원효대사의 흔적이 없어지는 건데 굳이 이렇게 이름을 바꿀 이유가 있었을까, 하는 아쉬움이 남는 개명이다. 원효대교도 그대로인데 말이다.

군 입대 이틀 전, 홀로 봉래산에 올라 절영 해안산책로까지 걸었다. 이발소에서 머리를 깎고 안경을 새로 맞췄다. 집으로 돌아오는 길에 노을 색이 고왔다. 날이 맑아 대마도까지 보였다. 가만, 부산에서 일본이 보인다고? 진짜? 거짓말 하지 말라며 부산에서 살아본 적 없는 많은 친구들은 놀라지만, 정말로 부산에서는 맑은 날 일본이 보인다. 산에 오르면 더 잘 보인다. 그러니, 혹시라도 맑은 날 부산의 산에 오른다면 주위를 잘 둘러보고 대마도를 꼭 찾아보시라.

그리고 다시 당분간 산을 오르지 못하는 나날이 이어졌다.

어학연수 대신
지리산

2008년 6월. 군대 전역하고 복학해 맞는 첫 번째 여름방학이었다. 요즘 대한민국 취준생들에게는 '단군 이래 최대 스펙'이라는 말이 따라다니는데 그때도 스펙 쌓기 경쟁은 치열했다. 1, 2학년 때는 그냥 술 마시고 놀러 다니던 동기, 선후배들이 졸업이 다가오자 휴학하고 하나 둘, 어학연수를 위해 영미권 나라로 떠났다. 누군가는 방학을 이용해 인턴십에 지원하거나 또 다른 누군가는 자격증 공부를 했다.

▲ 계산된 취업 전략, 등산

2학기에 복학한 나는 처음 맞은 겨울방학을 이용해 언론사 대학생 인턴을 한 상황이었다. 다음 스펙으로 어학연수를 떠나야 하나 진지하게 고민하던 때, 이미 어학연수를 1년 다녀온 아는 형에게 고민을 털어놓았다. 그 형은 매사에 몹시 시니컬했다. 이런 사람과 알고 지내면 지나친 낙관과 희망을 보정하는 데 도움이 된다. 내가 어디에 있는지, 어떤 사람인지 주제 파악을 제대로 할 수 있다.

"어학연수는 왜 가려고?"

"영어 잘하려고요."

"영어는 왜?"

"요즘 영어 면접도 많이 보잖아요."

"영어가 목적이면 월스트리트잉글리쉬 이런 데 다녀. 한국 사교육이 짱이야. 너 외국 가잖아? 막 외국인이 너한테 에비씨디이에프지 아프지 안 아프지 말 걸어줄 거 같지?"

"그럴 리가요."

"잘 아네. 거기 가서 백날, 빅맥 주세요. 콜라는 다이어트로요. 이런 말만 할걸? 영어 실력이 늘겠냐? 입사 면접에서 뭐 물어볼까? 맥도널드에서 버거와 콜라를 어떻게 주문하는지 말해보세요? 아니지. 글로벌 자본주의 경쟁 심화 앞에서 우리 회사는 생산성 증대를 위해 어떤 최신 제조 기법으로, 어떤 최신 마케팅으로 승부를 걸어야 할지 영어로 말해보세요, 이렇게 말하겠지."

"것도 그렇네요. 안 가는 게 낫겠네요."

"형이 정리해줄게. 어학연수, 너처럼 소심한 애는 가봤자 어학원, 집, 맥도널드 반복하다 몇 달 지나고 엉엉 울면서 한국 돌아갈래 하고 들어올 확률이 높아. 월스트리트잉글리쉬에서 차근 차근 레벨업 해서, 토익 스피킹이나 오픽 점수 올려. 그게 괜히 다른 나라 가서 돈 안 쓰고 애국하고 효도하는 길이야."

그 형의 말을 듣자니 나의 첫 대학 생활이 떠올랐다.

부산에서 20년을 보낸 나는 대학에 가서야 비로소 서울 땅을 처음 밟았다. 나름 대한민국 제2의 도시 부산에서 자랐으니 서울이라고 뭐 그리 다르겠어 하는 호기로운 심정으로 서울 공기를 마시며 세상으로 나갔다. 꼭 성공하고 출세하리라는 포부는 그로부터 1주일만에 와르르 무너졌다.

우선 건물이 높고 크고 화려했다. 영화관이 동네마다 있었다. 부산 지하철 노선도가 선이라 외우기 힘들지 않았다면, 서울 지하철 노선도는 화려한 다각형 도형이라 암기는 불가능했고 늘 지하철 노선도를 지갑에 넣고 다녔다. 그리고 무엇보다 충격받은 건, 부동산 중개소 유리창에 붙은 아파트 시세였다. 억億의 의미는 현실에 존재하지 않고 상상 속에만 존재하는 규모로 큰 수라는 뜻이라는데 그 큰 수가 서울에는 너무도 흔했다.

잔뜩 주눅 들었다. 서울에서 서울말로 말 붙이는 모든 사람이 부자로 보였다. 도서관에서 아무리 니체를 읽으며 교양의 속물을 지양하고, 초극하여 정신승리해 고독하고도 위대한 개인이 되어보자고 외쳐봐도 극복되지 않았다. 부산 억양을 감추려고 부단히도 노력했다. 그 노력이 그리 성공하지 않아 서울말로 완전히 갈아타는 건 실패했다. 말투가 쉽게 안 바뀌니 전략을 바꿨다. 가능한 사람들과 말을 섞지 않기로.

대학교 1학년 1학기는 거의 기숙사 – 집 – 기숙사 – 집의 무한 반복이었다. 수업 시간 때도 전혀 말할 기회가 없었다. 1학년 때 들어야 하는 100명, 200명 대규모 교양 수업에서 질문할 기회도 없었을 뿐더러 교수 눈에 띄고자 말도 안 되는 질문이라도 억지로 뱉을 정도로 적극적인 학생도 아니었다. 그러다 보니 내가 말할 때라고 해 봤자 학생회관에서 식권 살 때 "B세트 한 장이오" 정도가 다였다.

입학한 첫 해 B세트는 1300원이었다. B세트를 삼시세끼 챙겨 먹은 선배가 구급차에 실려가 영양실조 진단을 받았다는 괴소문이 떠돌았지만 B세트도 김치 정도는 리필이 가능했다. 하지만 나는 리필하지 않았다. 김치를 그다지 좋아하지도 않았고 리필을 하기 위해서는 서울말이 필요했으니까. 이런 내가 외국에 간다면? 영어는커녕 한국말도 잊을 터였다.

그 형의 조언은 적확했다. 하지만 나는 형의 조언 중 절반만 들었다. 어학연수는 포기했지만 월스트리트잉글리쉬는 등록하지 않았다. 될 대로 되라는 심정으로 여름방학 때는 그냥 산에나 다니기로 했다. 어학연수 대신 웬 산이냐고 하겠지만 그래도 내 나름의 계산은 있었다.

회사 임원 중 등산을 좋아하는 사람이 많다더라, 입사 지원서에 취미로 등산을 쓰면 무난하다더라, 뭐 그런 이야기가 취준생들 사이에선 떠돌고 있었기 때문이다.

등산이 뛰어난 스펙이 되진 못해도 자기소개서 취미 항목에 '등산'이라고 쓰면 마이너스는 아니겠다는 생각이 들었다. 지금이야 젊은 분들의 레깅스 등산이 '핫'하다지만 그때만 해도 등산 하면 여전히 중년의 취미 생활이고, 특히 회사 사장님이 좋아하는 취미로 여겨지던 분위기였다. 대학생 때 가끔 산에 오르곤 했는데 그때마다 들었던 단골 멘트가 "아이고 젊은 사람이 장하네"였으니까.

산에 오르기로 했으니 이제 다음 수순은 어느 산을 갈지 정하는 것이었다. 가장 먼저 떠오른 산은 바로 지리산이었다. 지리산은 초등학교 때 가족과 두 번 중산리 – 천왕봉 코스로 오른 적이 있었고, 천왕봉에서 아래를 본 인상은 지금까지도 남아 있을 정도로 강했다. 개인적인 기억을 차치하고서라도 한국에서 '산' 하면, 지리산이고 그중에서도 압권은 '지리산 종주'다. 입대 전부터 계획했던 종주인데 정작 휴학하고 놀 때는 산불방지 기간과 겹쳐 가지 못했다.

▲ 지리산, 대한민국 최고의 산을 향해

도시에서 집은 높은 지대에 있을수록 가격이 떨어지지만 산은 그 반대다. 높은 산일수록 명성이 높아진다. 휴전선 이남 대한민국에서 가장 높은 산은 제주 한라산(1950m)이다. 지리산은 1915m로 한라산보다 해발고도로만 보자면 더 낮다. 그럼에도 개인 차가 있겠지만 한라산보다 지리산을 더 높이 치는 사람이 많을 테다. 이는 여러 가지 이유가 있다.

한라산은 등산 코스가 단조로운 편이다. 백록담으로 갈 수 있는 길이 두 가지밖에 없다. 이에 비해 지리산은 가장 넓은 국립공원(해상 국립공원 제외)이라는 점에서 보듯, 등산로가 다양하다. 곳곳에 아름다운 계곡과 문화재가 즐비하다. 역사적으로 봐도 조선 시대 금강산 다음으로 많은 유산기_{산에 다니며 쓴} _{기록가} 나온 산이 바로 지리산이다.

지리산의 다양한 등산 코스 중, 압권은 종주다. 종주 산행이란 산의 한쪽 끝에서 다른 쪽 끝까지 걷는 것을 의미하는데 지리산 종주는 한국에서 가장 긴 코스다.

지리산 종주 코스에도 여러 가지가 있다. 우선 '화대 종주'라 하여, 화엄사에서 올라 노고단, 반야봉을 거쳐 천왕봉을 찍고 대원사로 내려오는 길이다. 그리고 '태극 종주'라 하여, 서북능선을 타고 주능선을 지나 덕산으로 하산하는 길도 있다. 방위상으로 태극 모양으로 산행을 진행하기에 태극 종주라고 부른다.

그리고 등산 초보자도 부담 없이(?) 즐길 수 있는 종주 코스가 있다. 성삼재에서 시작해 천왕봉을 찍고 중산리나 백무동 방향으로 하산하는 방법이다. 화엄사에서 노고단까지의 오르막을 생략하긴 했지만 노고단에서 반야봉, 천왕봉으로 이어지는 주능선을 걷는다는 의미에서 종주 산행이다.

처음에는 화대 종주를 생각했지만 화대 종주는 2박 3일이 필요할 듯했다. 물론, 산악 마라톤이라고 해서 화대 종주를 하루만에 끝내는 사람들도 있지만 내 체력으로는 어림도 없었다. 돈은 없지만 시간은 많은 대학생 시절, 1박 2일이고 2박 3일이 뭐가 그리 큰 문제인가 싶지만 시간보다는 산에서 끼니를 해결할 자신이 없었다. 아무리 적게 잡아도 화대 종주는 산에서 6끼 이상을 해결해야 했다. 즉, 배낭의 무게가 무거워진다는 의미였다.

예나 지금이나 내 산행 컨셉트는 명확하다. 배낭 무게는 최소화. 산에서 가능하면 먹지 않는다. 배고파도 내려와서 먹자는 쪽이다. 내 몸 하나도 건사하기 힘든데 10kg이 넘는 배낭을 짊어질 자신이 없었다. 화대 종주 꿈을 과감히 미래의 나에게로 떠넘기고 내 생애 첫번째 지리산 종주는 성삼재에서 시작해 중산리에서 마치기로 정했다.

지리산에 오르기 3일 전, 관악산에 올랐다. 근육에 긴장을 주기 위해서였다. 관악산 공원에서 연주대까지 올랐다 내려오는 길을 평소보다 1.3배 정도 빠른 걸음으로 훑었다. 몸 상태는 나쁘지 않았다. 평소보다 더 많이 걸어야 할 산행을 앞두고는 이렇게 예행 연습을 해줘야 본 게임이 덜 힘들다.

돈 없고 시간 많은 대학생이라 주말이 아니라 평일에 지리산을 걷기로 했다. 덕분에 대피소 예약은 쉬웠다. 그럼에도 지리산은 지리산인지라 평일이라고 해도 수용 인원이 적고 인기 많은 — 일출을 보기 위해 선택하는 장터목대피소가 인기가 높다 — 대피소는 예약하기 쉽지 않았다. 나는 세석대피소를 예약하고 짐을 싸기 시작했다. 당시 내가 배낭에 집어넣은 물건은 다음과 같다.

- **가나 초코파이 한 박스**: 주식.
- **다이제 초코맛**: 간식.
- **참이슬 한 병**: 2018년 이후 국립공원에서 일체 음주 행위가 금지되었으나 이때만 해도 지리산 종주 산행에 임하는 대부분의 산객들이 팩 소주 하나 정도는 챙겼다. 술을 즐기기 위해서라기보다는 육신의 피로를 잊기 위해서다. 근육을 적당히 움직이면 졸리지만 정도를 넘으면 피곤해서 자고 싶어도 잠이 안 온다. 이때 적당한 양의 술이 수면에 도움을 준다.
- **바늘**: 물집 잡히면 터뜨리려고.
- **맨소래담**: 세석대피소에서 지친 종아리와 허벅지에 덕지덕지 바를 생각에 전율이 왔다.
- **우의**: 장마로 접어드는 시기였다.
- **손전등**: 첫날 새벽에 성삼재에서 노고단까지 걷는 구간 30분 정도 썼는데 그 이후로는 부피와 무게만 차지했다. 성삼재 – 노고단 구간은 넓은 도로 느낌의 길이라서 주변 산객들의 조명에 의

지해 가도 됐을 뻔.

- 양말 한 켤레 : 옷은 안 갈아 입더라도 최소한 양말은 바꿔야 지.

상기 목록을 보면 정말 간소하다 못해 허섭하다고 할 정도다. 화대 종주만큼은 아니더라도 성삼재·중산리 코스는 거리가 35km 정도이고 천천히 걷는다면 20시간은 걸어야 한다. 아 침과 점심을 하나로 합치더라도 최소한 산에서 해결해야 할 끼니만 3끼다. 그럼에도 초코파이 한 박스로 퉁친 건 배낭 무 게를 줄이기 위해서였다. 그나마 지리산 종주길에는 중간 중 간 대피소가 있고 그때마다 식수를 보충할 수 있어서 생수 무 게는 줄일 수 있었다.

밥보다
초코파이

'밥보다 등산'이라는 제목으로 글을 써보자는 생각이 들었을 때, 가장 먼저 떠올린 경험이 바로 지리산 종주였다. 그야말로 말 그대로 밥이 아니라 등산을 택해서다. 지리산 종주를 할 때 내게는, 밥이 없었다.

지리산 종주는 인기에 걸맞게 대중교통으로도 가능했다. 용산역에서 무궁화호를 타고 구례구역까지는 4시간 30분이 걸렸다. 기차 안에서 자야겠다고 생각했지만 도저히 잠을 잘 수 없었다.

대학생 시절, 나는 주로 밤 늦게 잠들고 아침 늦게 일어나서 10시 30분에 시작하는 수업을 듣는 패턴에 익숙해졌기에 심야 기차에서 불편한 자세로 잠을 청해봤지만 소용이 없었다. 눈을 감았다 떴다를 반복했다. 도시의 밤과 달리 차창 너머로 빛이라곤 보이지 않았다. 새까만 어둠만이 펼쳐져 있었다. 시간이 더디게 흘러갔다.

구례구역에 도착하니 사람들이 뛰기 시작했다. 그때는 몰랐다. 이때 뛰는 사람들은 뭔가를 아는 사람들이었다. 느긋하게 걸어간 나는 버스터미널에서 성삼재로 오르는 굽이굽이 길을 버스 손잡이에 의지하며 서서 가야 했다. 수십 킬로미터를 걷는 사람이 버스에서 조금이라도 앉으려고 뛰는 장면은 아이러니하긴 하지만 그만큼 종주 산행을 위해서는 최대한 체력을 아끼는 게 중요하다.

나는 느긋하게 움직인 탓에 버스에서 상당히 시달려야 했다. 평일이었지만 사람들이 꽤 많았고 흔들리는 혼잡한 버스에서 중심을 잡는 건 피곤했다.

▲ 성삼재에서 스타트

성삼재에 도착한 시각은 4시 30분. 새벽이었다. 밤하늘에 별은 쏟아질 만큼 많았다. 이번 산행에 대한 기대는 세석대피소에서 맞을 밤도 한몫했다. 중학생이던 시절 여름방학을 맞아

수련회에 참석한 적이 있다. 그때 간 곳이 지리산 인근이었는데 그때의 밤하늘을 잊을 수 없었다. 쏟아질 듯 많았던 별을 보며 나는 시인이 되거나 천문학자가 되리라 결심했다가 3초 만에 포기했다. 글에 재능이 없어 시인도, 물리학과 수학이 부담스러워 천문학자도 되지 못하리라는 걸 스스로 알았기 때문이다. 그럼에도 다음에 언젠가 지리산에 올라 밤하늘을 다시 봐야겠다는 다짐은 해둔 터였다.

10분 정도 밤하늘을 올려다봤다. 외계 문명은 존재할까, 저 별까지의 거리는 얼마나 될까, 생명이란 무엇이며 인간의 삶이란 얼마나 덧없는가, 와 같은 적절히 감상적인 질문 대신 그냥 아무 생각 없이 빛나는 별을 보며 그 순간을 즐겼다. 좀 더 보고 싶었지만 해 지기 전에 세석대피소에 도착해야 했다. 거리로 20km, 한 시간에 2km 속도로 걸으면 충분하겠지만 중간 중간에 쉬는 시간도 고려해야 하니 예상한 대로 도착한다고 장담할 수 없었다.

성삼재 휴게소로부터 얼마 걷지 않아 노고단대피소가 나왔다. 나와 함께 버스에서 내린 무리 중 일부는 대피소에 들어가 자리를 잡고 아침 식사 준비를 시작했다. 지리산 종주길에 만난 무리 1/3 정도는 40~50ℓ 큰 배낭을 짊어졌는데, 초코파이가 아니라 만찬을 즐기려면 저 정도는 감수해야지 싶었다. 평소 아침을 안 먹기도 하고 먹어도 간단히 해결하던 터라 그들을 뒤로하고 빠르게 걸었다.

노고단은 미리 예약한 탐방객들만 갈 수 있지만 그날은 평일 새벽이라 지키는 사람이 없어 오를 수 있었다. 하지만 난 준법 시민이라 노고단에 오르지 않고 반야봉 쪽으로 향했다. 반야봉으로 향하는 길에 해가 떠올랐다. 산에서 맞는 일출은 늘 가슴을 뛰게 한다. 내 인생에 새로운 무언가가 생길 것 같고, 내가 썩 괜찮은 사람인 듯한 느낌이 든다. 20대 때는 더욱 그랬다. 요즘은 산에서 뜨는 해를 보면 좋긴 한데 예전만큼의 감동은 덜한 것이 사실이다, 안타깝게도.

기차 안에서 통 잠을 못 자서인지 그리 심한 오르막이 없었음에도 몸이 무거웠다. 반야봉에 오를까 말까 망설였다. 언제 다시 올까 싶어 ─ 실제로 그 뒤로 12년 동안 한 번도 반야봉에 가본 적이 없다 ─ 심호흡을 크게 하고 우회로 대신 반야봉으로 오르는 길을 택했다.

반야봉에서 본 조망은 나를 실망시키지 않았다. 산 아래로 깔린 운무는 한 폭의 산수화를 보는 듯했다. 동쪽으로는 지리산 최고봉이자 휴전선 이남 대륙에서 가장 높은 봉인 천왕봉이 또렷하게 보였다. 내일이면 저곳에 오른다!

반야봉을 오르내렸더니 몸이 산길을 걸을 준비가 됐다는 신호를 줬다. 걸음이 보다 경쾌해졌다. 경상남도, 전라북도, 전라남도 3개의 도에 걸쳐 있는 삼도봉을 지나 화개재와 토끼봉을 찍고 산행을 시작한 지 3시간 만에 연하천대피소에 도착했다. 연하천대피소에는 평일에도 불구하고 사람이 꽤 많았다.

▲ 혼자 있고 싶은데 외로운 건 싫어서

심리학자 피터 홀린스의 책 중 《혼자 있고 싶은데 외로운 건 싫어》라는 제목이 있다. 누구나 사는 내내 느낄 심리일 텐데 산에서도 비슷하다. 비록 홀로 왔으나 산에서 마음 맞는 누군가를 우연히 만나는 행운이 찾아온다면 걷어차지 않겠다는 심정이었다.

물론 그 대상이 동성보다는 이성이었으면 하는 바람이었다. 연애하고 싶었지만 딱히 내세울 거 없는 20대여서 적극적으로 다가가지 못하던 시절이었다. 산에서 만난다면 이야기가 달리 전개될 수 있을 듯했다. 저 산은 너의 산, 이 산은 나의 산, 우리 함께 산 타면서 좀 더 친해져 보아요.

"혼자 오셨어요?"

꿈은 이루어진다! 식수도 보충할 겸 잠시 쉬고 있는데 누군가가 내게 말을 걸어왔다. 그런데…… 목소리가 중저음이다. 고개를 돌려보니 30대 중반의 아저씨라고 부르기엔 젊고, 형이라 부르기엔 다소 모호한 그런 남자가 서 있었다. 그냥 형이라고 하자.

"아, 네."

"종주하세요?"

"네."

형은 나를 쓰윽 훑어봤다. 뭔가 복잡한 표정이었는데 당시 내 복장을 봤다면 그럴 만했다. 20대 때 나는 등산복을 입지 않았다. 30대 이상으로 보일 것 같아서였다. 그냥 학교 가는 복장으로 산에 다녔다. 청바지나 힙합 바지를 입었고, 대충 대학생 느낌 나는 상의를 걸쳤다. 배낭도 등산 배낭이 아니라 적당히 예쁘고 아기자기한 가방을 짊어졌다. 기능성 의류가 꼭 필요한 겨울 산행이 아니고서는 그렇게 다녔다.

"어디서 자세요?"

"세석이오."

"아, 그럼 같이 가시죠."

시간을 돌려 처음 본 남자 사람이 내게 말을 걸어 지리산 종주를 함께 하자는 제안이 올 걸 예상했다면 그 사람이 말을 걸기 전 육하원칙에 근거해 함께할 수 없는 이유를 만들어냈을 테다. 예컨대 도시에서 '도를 아십니까'라거나 '눈이 맑아 보입니다'라는 말로 시작하는 사람을 대하듯 말이다. 하지만 그 순간은 너무 급작스러웠다. 깜빡이도 켜지 않고 갑자기 끼어들었다. 형이 함께 가지 않을래 하고 물었을 때 나는 얼결에 "아, 네……"라고 답하고 말았다.

우리 둘은 연하천대피소에서부터 세석대피소까지 함께 걸었다. 형은 근엄하고 진지하고 과묵했다. 먼저 함께 걷자고 제안했으니 그 뒤로 내게 뭐라도 물어볼 법했지만 그냥 묵묵히 걸을 뿐 일체 아무런 말도 하지 않았다. 보폭도 넓고 빨랐다. 주로 그 형이 10m 정도 앞섰고 그 뒤를 내가 따랐다.

　벽소령대피소가 보이는 지리산 주능선이 장쾌했다. 걸음을 멈추고 들고간 200만 화소 디지털카메라 니콘 쿨픽스 2100을 꺼내 찍었다. 형도 가던 길을 멈추고 돌아왔다.

　"찍어줄게요. 서 봐요."

　찍혔다.

　"저도 찍어드릴까요?"

　"아니요. 괜찮아요."

　우리의 대화는 시종일관 이랬다. 벽소령대피소에 도착해서 잠시 쉬었다. 형의 외모는 학생으로 짐작하기엔 좀, 세월의 바람에 풍화된 듯 보였다. 주말이 아니라 평일에 지리산을 찾은 사연이 있을 듯했다. 말없는 형을 대신해 내가 먼저 물어보기로 했다.

"어디서 오셨어요?"

"서울에서요."

"주말 아니라 평일인데……."

"휴가 냈어요."

"휴가 내고 지리산이라니 정말 멋집니다! 그런데 여자친구는 없어요?"

"있는데 헤어지려고요."

이쯤에서 나는 형이 내게 너는 왜 지리산에 왔느냐, 학생이냐 직장인이냐, 여자친구는 있냐, 어떤 정당을 지지하냐, 베버를 좋아하냐 마르크스를 좋아하냐 그것도 아니면 뒤르켐을 좋아하냐, 등등의 질문을 던져주기를 슬그머니 기대했건만 아무런 말이 없었다. 5분 정도 침묵이 흘렀고 형이 입을 열었다.

"다시 가보실까요?"

"아, 네. 그런데 말 편하게 하세요. 저보다 형이시죠?"

"아, 그럴까? 그러지."

"형, 잠시만요. 제가 할 게 있어서요."

지리산 대피소에는 우편함이 있다. 언제 어디서든 휴대폰으로 손쉽게 연락할 수 있는 초연결시대에 손편지가 어떤 의미가 있으며 밑에서 보내나, 산 위에서 보내나 뭐 그게 큰 차이가 있겠냐만 왠지 지리산에서 편지를 보내고 싶었다. 친구 몇 명에게 별 내용 없는 엽서를 썼고, 우체통에 집어넣었다.

형과 나는 지리산 주능선을 1시간 걷고, 10분 쉬고, 멋진 경치가 나오면 사진을 찍으면서 나아갔다. 벽소령대피소에서부터 얼마 지나지 않아 이름부터 아름다운 칠선봉을 거쳐 세석대피소에 도착했다. 능선길이라 엄청나게 힘들지는 않았다. 다만 형은 여전히 상당히 빠른 속도로 걸었고, 그를 따라가기 위해 내 허벅지는 오르막에 접어들 때마다 비명을 질렀다. 도저히 '못 따라가겠어요 먼저 가세요'라고 하지 못했다. 자존심이 허락하지 않았다.

20대인 나는 산에서 남에게 추월당하는 것도, 함께 간 일행에서 뒤처지는 것도 용납하지 못했다. 덕분에 목적지인 세석에 도착했을 때는 겨우 오후 3시 30분이었다. 이 기세였다면 장터목대피소를 예약해 천왕봉 일출을 노려봤어도 충분히 여유가 있었다.

예상보다 일찍 대피소에 도착해서 마음이 여유로웠다. 주위를 둘러봤다. 천왕봉으로 향하는 능선으로 다가갈수록 고사목枯死木들이 눈에 띄기 시작했다. 눈앞에서는 파란 하늘을 배경으로 흰 솜털 구름이 만들어지고 있었다. 소멸과 탄생이 한눈에 들어오니 가슴이 벅차오르면서도 왠지 멜랑콜리해졌다. 그때는 몰랐다. 아기자기하게 귀여웠던 솜뭉치가 비구름이었다는 사실을, 다음날 내가 얼마나 고생하게 될 줄을.

▲ 초코파이와 비바람, 그리고 연하봉

대피소에 들어가 모포를 대여하고 배정 받은 자리에 가 짐을 풀었다. 어영부영 저녁 식사 시간이 다가왔고, 형과 나는 취사 공간에서 각자 싸온 먹거리를 풀었다. 싸왔다고 해 봤자 내게는 초코파이밖에 없었는데 그 모습을 본 형은 그날 처음으로 웃었다. '뭐 이런 새끼가 다 있나' 싶은 표정이었다.

"이거라도 먹어."

형은 내게 백반과 장조림, 깻잎을 건넸다. 속으로는 초코파이나 장조림이나 뭐? 하면서 나는 한사코 거부했다. 어린 시절부터 등산 다니면서 '식수라든지 밥은 꼭 니가 챙긴 게 아니면 웬만하면 얻어먹지 말라'고 배워서다. 특히나 물 부족은 장거리 산행에서 치명적이다. 산행에서 남에게 물이나 밥을 신세 지는 건 정말 폐를 끼치는 행위다. 그런데 몇 번을 거절

해도 형은 자기는 많이 먹지 않는다며 권했고 나는 할 수 없이 몇 숟가락 얻어먹었다.

"형, 이거라도 드실래요?"

나는 가방에서 쭈뼛쭈뼛 참이슬을 꺼냈다.

"아냐, 나도 있어."

그렇게 우리 둘은 변변찮은 안주도 없이 깡소주를 마시기 시작했는데 예상과 달리 정말 맛이 없었다. 내 생애 그렇게 맛없는 술은 처음이었고, 나는 한 모금 마신 뒤 바로 뚜껑을 닫았다. 형도 비슷했는지 표정이 썩 좋지 않았다.

"맛없네."

그 형이 갖고 온 건 팩 소주였는데 두세 모금 더 마시나 싶더니 그냥 땅에 뿌렸다. 사람들이 왜 50ℓ짜리 배낭에 삼겹살과 버너를 넣는지 알았다. 그건 술을 맛있게 먹기 위해서였다! 술이 조금 더 들어갔다면 과묵한 형도 마음을 더 열었을지 모르겠지만, 우리는 여전히 맨정신이었고 그 이후로 더는 말이 없었다. 하지만 인생사에서 가장 재밌는 이야기가 연애담 아닌가.

"형, 그런데요. 왜 헤어지려는 거예요?"

"뭐, 어쩌다 보니 그런 거지. 안 맞는 거 같아."

"아…… 그렇군요. 이른바 성격 차이라는 거네요."

"사실, 뭐 세상에 맞는 사람이 어디 있겠나 싶지만."

해가 넘어갔다. 노고단에서 나를 들뜨게 했던 별들은 하나도 보이지 않았는데 이때부터 이미 먹구름들이 하늘을 덮고 있었다. 대피소에서는 '오늘밤부터 비바람이 몰아칠 테니 다음날 산행을 조심하라'는 안내 방송이 나오고 있었다.

전날 밤 용산역에서부터 거의 잠을 못 잤고, 새벽부터 산행을 시작해서 몹시 피곤했다. 주변에 코 고는 소리는 전혀 수면에 방해가 되지 못했다. 아마 나도 골았을 테다. 머리를 바닥에 대자마자 잠이 들었다.

다음날 새벽 5시에 눈이 떠졌다. 날씨 탓에 일출 보기는 틀렸지만 움직여야 했다. 형은 자고 있었다. 깨워서 인사라도 하고 떠날까 3초 동안 고민했지만 그냥 말없이 떠나기로 했다. 이틀째 산행은 혼자 마무리하기로 했다.

날이 맑았다면 촛대봉에서 일출을 봤을 텐데 내 눈앞에는 자욱한 안개만 가득했다. 준비해둔 우의가 있었기에 비는 큰 위협이 아니었다. 문제는 바람이었다. 사방팔방에서 불어오는 칼바람은 능선 위의 왜소한 인간을 그대로 때렸다. 제대로 나아가는 게 쉽지 않는데 날카로운 바람 소리에 더욱 겁을 먹을 수밖에 없었다. 걸으면 걸을수록 천왕봉까지 가야겠다는 마음은 사라지고 있었다.

비바람을 맞아가며 연하봉을 넘는 중이었다. 아주 잠시 주변이 고요해졌다. 고개를 잔뜩 숙이고 땅만 보고 걷다 시선을 좌우 위아래로 돌렸다. 그때, 내 눈앞에 산토끼가 나타났다. 귀를 잔뜩 올리고 나를 바라보고 있었다. 산을 백 번 이상 오르면서도 단 한 번도 본 적이 없었던 동물이 산토끼였다. 산신령 포스를 자랑하는 산토끼가 나를 바라보며 마치 이렇게 말하고 있는 듯했다.

"개미새끼여, 내려가게. 고작 자기소개서 취미 항목에 등산을 적으려고 올 산이 아니라네. 지리산은 성스러운 산이야. 좀 더 마음을 정화하고 오르도록."

정신을 차려 사진을 찍으려고 가방에서 카메라를 꺼내는 순간 산토끼는 숲으로 사라졌다.

연하봉에서 장터목대피소는 지척이다. 장터목대피소에 도착한 뒤, 우선은 시간을 보내며 기다려보기로 했다. 혹시라도 비바람이 잦아들면 천왕봉에 오를 생각이었다. 장터목대피소에서 천왕봉까지는 천천히 올라도 1시간 30분이면 닿을 수 있는 거리였다.

하지만 비바람은 좀처럼 멈추지 않았고 더욱 세지기만 했다. 천왕봉 근처는 바위로만 이뤄져 바람이 더 셀 게 뻔했다.

강풍에 발을 헛디디기라도 한다면 이생과 하직하겠다는 생각이 들었다. 50년 뒤에도 똑같이 생각하겠지만 이대로 죽기엔 너무 억울했다.

하산하기로 결정했다. 능선에서 내려오자마자 바람은 잦아들었다. 안개로 뒤덮인 숲이라 전방 5m 정도까지만 보였다. 중산리 시외버스터미널까지는 3시간이 걸렸다. 다행스럽게도 탐방로가 계곡과 거리를 두고 이어져서 망정이지, 갑자기 물이 불어난 계곡은 보는 것만으로 공포스러웠다. 아무리 한국 산이 높지 않고 맹수들도 사라져서 안전하다곤 해도 산에서 죽는 게 한순간이겠다는 깨달음이 들었다.

그렇게 내 생애 최초 지리산 종주가 끝났다. 비에 쫄딱 젖은 채로 진행한 둘째날 5시간의 산행은 내게 독한 감기를 남겼다. 개도 안 걸린다는 여름 감기에 걸려 나는 거의 2주 이상 골골거렸다. 덕분에 매주마다 전국 명산을 찍겠다는 계획도 어긋났다.

그리고 3주 만에 다음 산에 나설 수 있었다. 이때까지는 몰랐다. 그 산행이 얼마나 내게 절망을 안겨줄지.

그것은
광기였다

다큐멘터리 〈마운틴〉(2017)에는 이런 대사가 등장한다.

산에 매혹된 사람들에게 산의 경이로움은 논쟁의 여지가
없다. 그렇지 않은 사람들에게 산의 매력은 일종의 광기일
뿐이다.

《신과 인간이 만나는 곳, 산》(심형준 등저,이학사, 2020,

P. 164 재인용)

지리산 종주를 끝낸 뒤 혹독한 여름 감기를 앓았고, 주능선에
서 맞닥뜨린 폭풍우에 겁먹기도 했지만 사람은 망각의 동물이

아니던가. 두려움은 점점 옅어졌다. 천왕봉도 못 찍은 주제에 오히려 자신감은 커졌다.

당시에는 설악산 용아장성이라든지 서북능선 종주, 수도산 가야산 연계 종주와 같은 코스의 존재를 알지 못한 터라, 지리산 종주 코스가 가장 길고 험하다고 생각했다. 대한민국 최고 난이도의 산행을 해냈다는 '뽕'이 나를 지배했다. 비록 기상 악화로 천왕봉은 못 올랐지만 전반적으로 무난하게 끝냈다는 사실에 내 자신의 몸 상태에 과하게 믿음이 갔다.

지리산 종주를 빼더라도 전역한 뒤 금정산 종주, 천성산 공룡능선, 두타산 등 나름 길고 험한 산을 두루 걸으면서 내 몸은 점점 '조금 더 빡세게!'를 외치고 있었다. 열정에서 광기로 변하려던 찰나였다.

▲ 범생과 농땡이

영축산은 초등학교 때 우리 가족이 거의 설산에 갇힐 뻔했던 그곳이다.

여름방학, 부산 본가에서 지내던 나는 이곳저곳 오를 산을 물색했다. 금강폭포 위에 위치한 영축산의 '아리랑릿지'와 '에베로릿지'가 산 좀 탄다는 산꾼들 사이에서 명성이 높았다. 아리랑릿지는 장비가 있어야 하고 에베로릿지는 장비 없이도 오를 수 있다는 정보를 인터넷으로 얻었다. 둘 다, 지도에는 표기되지 않은 길이었다.

'릿지ridge'란 바위 능선이다. 흙길은 시시하니 난이도를 높여 바위를 타야겠다는 광기가 서서히 찾아왔다. 인터넷으로 충분히 정보를 찾아봤지만 사진으로 대충 봐도 에베로릿지는 천성산 공룡능선과는 차원이 달랐다. 혼자 가기 덜컥 겁이 났다. 함께 갈 동반자를 구하기로 했다(사실, 이때 이성적으로 판단했다면 등산학교에 등록하여 클라이밍을 정식으로 배웠어야 했다).

기침과 콧물이 잦아들 시점, 나는 S에게 연락했다. S로 말하자면 별명이 '미친놈'이었다. 광기 산행에 적합한 동료였다. S는 고등학교 친구이자 군 입대 동기다. 예나 지금이나 나는 꽤나 성실한 모범생이고, 미친놈은 그 반대였다.

'그리스인 조르바'의 한국인 버전 같은 S는 자유를 추구했다. 수업 시간에 잤고, 야자(야간자율학습)를 빠졌고, 급식 대신 담타기 해서 학교 앞 분식집이나 중국집에서 끼니를 해결했다. S는 그런 친구였다. 학창 시절 선생님이 하지 말라는 짓만 골라서 했다. 세월이 흘러 최근에 만났을 때 대체 왜 그렇게 '관종' 짓을 골라서 하고 다녔냐고 물었더니 그 친구는 아주 담백하게 말했다.

"그러니까, 나는 공부하기 싫다고 했는데 이 사회가 계속 나를 학교에 다니게 놔둔 거지. 하기 싫은 공부 하려다 보니, 뭐 지각도 하고 야자 째고 자고, 장난 치고 그랬지."

범생과 농땡이. 둘은 안 어울렸지만 그럭저럭 친하게 지냈다. 뭣보다 내가 S를 좋아한 건, 다른 사람을 괴롭히지 않고 혼자서만 이상한 짓을 했다는 점이다.

어쩌다 보니 군대도 함께 가게 되었다. 그 친구나 나나 군 입대에 관해 진지하게 고민하지 않다가 때 되면 가겠지 싶었는데 가고 싶다고 갈 수 있는 데가 아니었다. 대기 기간이 꽤 길었다. 그나마 의경(의무경찰)은 지원하고 거의 바로 입대할 수 있었다. 그렇게 논산 훈련소로 가는 버스를 S와 함께 탔다. 논산 훈련소와 충주 경찰학교 7주를 함께 보낸 뒤, 각자 소속 부대로 배치 받아 흩어졌다.

지금은 나아졌다고, 그것도 굉장히 많이 나아졌다고 들었다. 당시에는 의경 내 내무 생활이 꽤 문제였다. 구타가 심했다. 자대 배치 후 자주 맞았다. 청소 못한다고 맞고, 설거지 못한다고 맞고, 목소리 작다고 맞고, 웃는다고 맞고, 바나나 우유 안 흔들어 마셨다고 맞고, 뭐 여러 가지 이유로 맞았다. 대부분의 고참은 선생님들이 손바닥 때리듯, 그 정도의 체벌이었으나 한 명은 심해도 너무 심했다.

　나는 이때의 경험으로 예나 지금이나 제도화된 폭력에 반대한다. 폭력이 제도화된 공간에서 통제할 수 없는 개인이 나오면 그 폭력은 걷잡을 수 없이 증폭되기 때문이다.

　그 한 명의 폭언과 구타에 시달리다 첫 외박을 맞았다. 나와 입대가 똑같았던 S도 마침 외박이었다. 연락이 닿아 전화 통화를 하며 고민 상담을 했다. 나를 자주 때리는 고참이 있는데, 아니 때리는 것까지는 이해하겠는데 사람을 극도로 몰아가는 데 일가견이 있다, 말로도 잘 '조지고', 사람 자존감 깔아뭉개는 데 재주가 뛰어나다, 어떻게 해야 하냐고.

　S는 말했다. 신고하라고. 그럼 그 고참은 다른 부대로 배치될 거라고. 그래서 나는 복귀하자마자 신고했다. 부대는 발칵 뒤집혔다. 그리고 빠르게 정상화되었다. 나를 괴롭힌 고참은 그대로였다. 내가 예상했던 부대 이동은 없었다.

　나를 향한 구타와 폭언은 없어졌다. 대신 따돌림이 시작되었다. 거의 한 달 정도 나에게 그 누구도 말을 걸지 않았다. 몹시 불편했다. 각고의 노력 끝에 다행스럽게도 다른 고참들 및 동기들과 관계를 회복했다. 그 각고의 노력이라는 게 별다른 게 없다. 청소 열심히 하고, 설거지 열심히 하고, 목소리 크게 하고, 웃지 않고 나라 잃은 표정으로 비장하게 근무에 임하기 정도. 아, 바나나 우유도 꼭 흔들어 먹었다.

전역하고 나서 S와 의경 시절 이야기를 하다, 그때 내가 얼마나 힘들었는지를 고백했다.

"니가 신고하면 된다고 해서 했지. 새됐지."

"진짜 신고했나? 니 바보가?"

"왜? 니가 하라메."

"하. 이 새끼 진짜. 내가 옛날부터 말했다이가. 니는 공부만 잘했지 사회 생활은 엥꼬라고. 민규야. 살면서 중요한 게 암기력이 아니다. 눈치다 눈치. 당연히 찌르면 새되지. 니는 막졸(갓 자대 배치 받은 사람) 아니가. 니가 신고한 상사는 어찌됐건 그 조직에서 니보다 더 오래 생활해온 사람이고. 니가 신고하면 아이고 그러셔요? 맞으셨네요, 도련님 우쭈쭈. 때린 놈 누구야, 하겠나? 아니지. 때린 사람 말도 들을 거 아니가. 그 상사가 나름 신뢰를 얻었다고 하자. 그럼 누구 말을 믿겠노. 맞은 사람 말이겠나, 때린 사람 말이겠나."

기억력이 좋은 독자라면 기시감이 느껴지는 에피소드일 테다. 고등학교 종업식 전날, 약속을 곧이곧대로 믿고 새벽에 홀로 체육관을 서성이던 나였다. 역시 이번에도 나의 맥락 파악이 부족했던 거다.

나는 체감하지 못하고 있었다. UN 총회에서 지도자들이 평화와 평등과 자유를 외치지만 실제로는 지구 어디선가 전쟁이 벌어지고 있었고, 자유주의와 자본주의는 기회의 평등과 결과의 차등을 외치지만 현실에서는 출발선부터 다르며, 인간은 누구에게나 천부인권이 있다 하지만 현실에서는 계급, 민족, 성별 등등에 따라 다르게 취급된다는 점을.

구타와 가혹 행위는 원칙상 엄금이지만 어떤 부대든 암암리에 벌어지고 있고, 이걸 신고한다고 무조건 피해자가 구제받지 않는다는 사실을, 어디에서든 상사를 이길 수 있는 신입이 없다는 사실을 몰랐던 거다.

어릴 때부터 눈치 하나는 훌륭했던 S와 함께하는 산행이라니, 꽤 위험한 릿지 산행에서도 든든할 듯했다. 산행 중에 군대 이야기로 시간 가는 줄도 모를 것 같았고.

▲ 영축산, 개척산행이 될 줄이야

서울 사람들은 지방에 살면 대중교통이 몹시 불편해서 꼭 자가용이 있어야 하는 걸로 알지만, 경험상 광역시 정도라면 1~2시간 거리의 산 정도는 대중교통으로도 다니기에 충분히 괜찮았다. 부산도 마찬가지다.

양산과 울주군에 있는 영남 알프스에 가려면 굳이 승용차나 산악회 버스를 이용할 필요 없이 대중교통으로도 충분히 갈 만했다. 마치 서울에서 가평의 산에 갈 때와 마찬가지로 말이다. 우리는 남포동에서 만나 지하철 1호선을 타고 명륜동에서 하차, 언양까지 가는 12번 버스에 올랐다. 명륜동에서 들머리인 가천 마을까지는 1시간 40분 정도 걸렸다.

가천마을로부터 본격적인 등산로가 시작되는 금강폭포까지는 꽤 걸었다. 중간에 심천 저수지와 포 사격장을 거치며 도시에서는 보기 힘든 광경에 신기해했다. 포 사격장에는 이곳이 민간인 통제 구역이라는 표지판이 군데군데 보였지만, 다른 사람의 후기에서 봤듯 이곳을 지나야만 에베로릿지에 닿을 수 있기에 크게 신경 쓰지 않았다. 산에 다가갈수록 에베로릿지의 근육이 뚜렷하게 보였다. 수십 미터의 바위를 기어오를 생각에 심장이 요동쳤다.

그날은 토요일이었다. 우리처럼 에베로릿지를 목표로 하는 산객들 3~4명 정도가 보였다. 그 산객 아저씨들을 따라갔어야 했는데 중간에 놓쳐버렸다. 40분 정도 도로를 따라 올라 도착한 금강폭포는 절경이었다. 금강폭포라는 이름은 흔하지만 그건 다른 산에 있는 금강폭포다. '영축산 금강폭포'나 '신불산 금강폭포'로 검색하면 검색 결과가 몇 나오지도 않고, 이미지 검색으로 찾아보면 물이 시원하게 흘러내리는 사진도 몇 없다. 그만큼 영축산 금강폭포는 아는 사람만 아는 비경이다.

영축산 금강폭포는 비가 내린 다음 날에나 그나마 물줄기가 선명해지는 폭포다. 다행히도 우리가 오른 날에는 수량이 꽤 많았고, 폭포다운 모습을 연출했다. 웅장한 폭포 모습에 감탄하며 여러 구도로 사진을 찍었다. 시작부터 느낌이 좋았다. 볼 게 많고 즐거운 산행이 될 것 같았다.

금강폭포는 크게 3폭으로 이뤄졌다. 모두 족히 20m 높이는 넘어 보일 정도로 압도적이었다. 우리 둘은 각자 좌선하는 모습 등, 여러 연출 샷을 찍으면서 낄낄거렸다.

"여기가 끝이가?"

"아니, 이제 시작이지."

"길은 어딨노?"

어디 보자……. 그렇네, 여긴 폭포인데 길은 어딨을까. 좌우로 살펴보니 로프가 보였다. 아, 저기가 길이군. 로프에 대롱대롱 매달려서 폭포를 통째로 올라야 했다.

"저거 잡고 오르면 되겠네."

"미친네. 흐흐."

나도 S도 이때까지는 두려움은 조금, 설렘이 더 많았다. 그나마 나는 등산화랑 장갑이라도 갖췄지 S는 러닝화에 장갑도 없었다. 여러모로 S에게 릿지 산행이 힘들어 보였지만 우리가 누군가. 막 군대 전역한, 뭐라도 이룰 수 있을 것 같은 예비군 1년차였다!

금강폭포 1폭을 올라섰다. 2폭에서는 폭포를 횡단해야 했다. 물에 젖은 바위가 미끄러웠다. 이곳은 폭포다. 미끄러지면 바로 저승행이다. 조심하며 폭포를 횡단하고 다시 로프에 의지해 2폭을 올라섰다. 3폭은 다시 좌측으로 이동해 로프를 잡고 올랐다. 오르고 보니 로프가 매여 있는 나무가 우리를 지탱하기에는 너무나 작아서 깜짝 놀랐다.

S야 사전 정보가 전혀 없어서 그렇다 쳐도 나는 적잖이 당황했다. 사진으로 볼 때보다 훨씬 더 위험했다. 천성산 공룡능선에서 만난 로프 구간도, 지리산 종주도, 여기에 비하면 소꿉놀이였다. 모골이 송연해졌다. 그리고 무엇보다도 위험한 건, 우리는 길을 잃어버렸다는 사실이다.

금강폭포를 건넌 뒤 흐릿하게 이어지던 등산로가 언제부터인가 완전히 끊어졌다. 후퇴하기도 애매한 지점이라 우리는 그냥 오를 수밖에 없었다. 길이 없어진 곳을 계속 간다는 것, 그건 바로 개척산행이다.

"우짤꼬."

"뭘?"

"우리 길 잃은 거 같은데."

"근데?"

"내려갈까?"

"많이 올라왔다이가. 내려가는 것보다 올라가는 게 더 가깝겠는데. 올라가자."

"가능하겠나?"

"몰라, 개새야."

▲ 개척산행이 준 절절한 깨침

S는 불행 중 다행으로 나를 원망하는 눈치는 아니었다. 산에서 길을 잃어본 사람은 알 테다. 심장이 나대는 건 물론, 등 뒤에서는 식은 땀이 멈추지 않고 결국 우리는 죽게 될 운명이라는 망상에까지 이른다. 나 역시 그때 심정은 참담했다. 제대로 된 연애도 못해 보고 여기서 죽다니······.

길을 잃는 건 인지에서나 감정에서나 위험에 처했다는 의미다. 두렵다는 감정과 함께 제대로 된 의사 결정을 할 수 없어진다. 길을 잃은 사람 중 90%가 막무가내로 앞으로 달려가는 식으로 상황을 악화시킨다고 한다. 길을 잃었을 때 가장 좋은 방법은 제자리에서 119 등에 구조를 요청하는 거다. 하지만 이건 우리 둘의 선택지에 없었다.

사고가 명징하게 돌아가지 않은 탓도 있겠지만 정상도 못 밟아보고 남의 도움을 청하는 건 '쪽' 팔렸다. 여기는 깊은 숲이 아니다. 위로 올라가면 능선이 나올 테고, 능선 위에만 서면 정상을 밟을 수 있으리라는 생각에 우리는 무조건 위로, 위로 향했다.

불행 중 다행으로 우리 둘 다 상, 하의가 다 길어서 잡목을 헤쳐나가기에 큰 문제는 없었다. 경사가 급해서인지 숲도 우거지지 않아 시야 확보도 괜찮았다. 불행이라면 에베로릿지라면 설치되어 있었을 로프가 우리가 올랐던 바위에는 없었다는 점이다. 능선에 오르기까지 큰 바위를 세 차례 정도 올라야 했는데 우리에게는 암벽 등반에 필요한 장비가 하나도 없었다. 순전히 자신의 몸만으로 올라야 했다.

헛디뎌서 추락해 뼈가 부러질 수 있다는 두려움보다 우리가 더 무서워했던 건 벌집이나 독사를 건드려서 일어날 수 있는 참사였다. 다행히도 초봄이라 아직 곤충이나 파충류가 왕성하게 활동하는 계절이 아니어서인지 그런 일은 일어나지 않았다.

살고자 하는 의지로 악착같이 올라서 바위에서도 떨어지지 않았다. 사방팔방으로 계속 잡목과 바위밖에 안 보였지만 우리는 큰 부상 없이 계속 올라갈 수 있었다.

제대로 난 길로 올랐다면 4시간이면 너끈하게 올랐겠지만 우리의 개척산행은 5시간째로 접어들고 있었다. 준비해온 물도 거의 떨어지고 초조해져 갔다. 거의 이성을 잃기 직전, 절망으로 추락하려던 찰나에 극적으로 탐방로가 보였다. 비로소 능선에 선 것이다!

주능선에서 영축산과 신불산 중 어떤 정상을 찍을까 고민할 필요 없이, 더 가까워 보이는 영축산으로 목표를 정하고 영축산 정상에 섰다. 날이 흐려서 정상에서 보는 조망은 별로였으나 죽을 고비를 넘긴 만큼 정상석을 벗삼아 각자 기념 촬영을 진행했다. S는 전화기를 꺼냈다.

"엄마. 민규가, 이 미친 새끼가 내 죽일라고. 와, 진짜 내 죽다 살아났다. 길도 없는데, 아 근마 공부만 잘하지, 할 줄 아는 거 하나도 없다고 내가 몇 번 말했다이가."

내게 들으라는 듯 큰 소리로 전화하는 S를 보며 나는 한편으로는 미안했고, 한편으로는 방귀 뀐 놈이 성낸다고 갑자기 의경 시절 S가 부추긴 소원 수리가 생각났다. 조용히 통화가 끝나기를 기다렸다.

"S야, 통화 다 끝났나?"

"아니, 한 통 더 남았다."

그리고 S는 이번에는 사귀는 사람에게 똑같은 내용으로 한 번 더 전화 통화를 나눴다.

"S야, 이제는 끝났나?"

"어. 왜?"

"S야. 이번에 좀 미안하긴 한데, 니도 내한테 상사 신고하라 했다이가. 그때 내 부대에서 새됐다 아이가. 흐흐."

"아, 그거? 그렇네, 흐흐흐. 알따."

"오늘 일은 잊어도."

"알겠다. 근데 내려갈 때 저 길로는 못 갈 거 같으니까, 좀 제대로 된 길로 내려가도!"

정해진 탐방로를 벗어나면 위험하지만 벗어나지만 않으면 안전하다. 성공한 사람들은 우리에게 가지 않은 길을 가보라 고 하지만, 프로 산악인이 아닌 한 산에서는 정해진 탐방로를 따라야 한다. 산에서는 최대한 보수주의자가 되어야 한다.

영축산 정상을 찍고 비로암을 거쳐 통도사로 하산하는 길 에서는 큰 위험이 없었다. 정해진 탐방로였기에. 내려가는 길 에 좀처럼 보기 힘든 두꺼비를 만났다. 우리 둘 다 납작 엎드려 빌었다. 아이고, 산신령님 우리가 잘못했습니다, 다시는 정해진 탐방로를 벗어나지 않을게요, 하고. 이날 산행 시간은 총 8시간 30분이나 걸렸다. 길을 잃지 않았다면 6시간이면 충분했을 산행이었다.

에베레스트 세계 최초 단독 무산소 등정으로 유명한 라인홀트 메스너는《에베레스트 솔로》에서 이렇게 썼다.

등산은 정상보다는 정상에 오르기까지의 과정과 씨름하는 것이다. 진정한 등산의 예술은 일탈이나 정상 정복보다는 절절한 외로움 끝에 다시 일상으로 돌아와 느끼는 '살아 있음'의 고마움이다.

_ P. 11《에베레스트 솔로》(김희상 옮김, 리리, 2020)

감히 에베레스트에 비할 바는 아니지만 우리들 역시 이번 산행에서 살아 있음의 고마움을 절절히 느꼈다. 영축산 개척산행 이후 산행에서 나는, 절대로 정해진 탐방로를 벗어나지 않았다. 지도에 표시되지 않는 산길은 프로 산악인의 몫으로 남기기로 했다. 나는 프로가 아니라 아마추어, 가끔 하는 산행이 일상에 소금으로 작용하면 충분한 사람이니까.

산은 공간을
장소로 만들고

Space(공간)와 Place(장소)의 차이를 나는, 몰랐다. 사회학자 천선영의 여름 대관령 일기《기꺼이, 이방인》에서 보고야 알았다. 이 책에는 이런 구절이 나온다.

물론 공간이라는 개념은 장소 개념을 포함하는 큰 개념으로 이해될 수도 있지만 이 두 단어를 구분해서 사용하기도 하는데 그 기준은 구체성, 체험성 같은 것들입니다. '고향'은 물리적이고 추상적이고 지표적인 것을 넘어서는 구체성, 체험성을 갖고 있는 장소의 대표적 예라고 할 수 있지요. 소유격을 사용하려면 공간이라는 말보다는 장소라는 말이 제격이겠죠. 어떤 공간은 나와 우리 삶이 포개지면서 장소화되어 간다고 할 수 있겠습니다.

_P. 214 《기거이, 이방인》(책밥상, 2020)

서울은 여전히 내게 장소가 아니라 공간이었다. 전역한 뒤 복학하고 나서도 나의 서울 생활은 변한 게 없었다. 기괴하고 낯선 곳, 선뜻 나서기 겁나는 곳이 서울이었다. 《돈키호테》에 나오는 장면처럼 풍차는 그저 존재하고 있을 뿐인데 나는 서울을 괴물처럼 여겼다. 차이가 있다면 돈키호테는 달려들었고 나는 도망쳤다. 주로 강의실과 도서관을 오가며 시간을 보냈다.

그러다 사람이 그리워졌다. 당장 생각나는 사람은 군대 선임이었다. 바나나 우유 안 흔들어 마셨다고 때렸던 그 선임이 아니라, 나에게 몹시 잘해준 다른 선임이다. 고향도 부산으로 같았다. 2년 군 생활에서 지랄 같은 고참도 겪었지만 드물게 좋은 사람도 있었다.

구타가 구조적으로 행해지는 환경 속에서도 절대 폭력을 휘두르지 않았고 근무 태도도 성실했으며 짬짬이 공부와 운동 등으로 자기계발에도 열심이던 형이다. 운동신경도 탁월했다. 마침 성씨가 '성'이라 나는 그 형을 '성인군자', 또는 외모가 출중하여 '성형미인'이라고 불렀다.

이런 사람이니 전역하고도 틈틈이 연락했다. 성형미인은 학기 중에는 공부하느라 바쁘니 방학 때 보자고 했다. 그 시절 나는 지인들에게 식당이나 술집보다는 산에서 만나자고 종용했다. 성사는 거의 되지 않았기에 성형에게 건넨 제안도 그리 기대하지 않았었다. 그런데 의외로 나의 제안을 흔쾌히 수락했다. 수락했으니 수락산에서 만날 수밖에.

▲ 수락산, 니콘 쿨픽스가 준 고마움

수락산은 북한산과 도봉산, 관악산의 여타 서울산처럼 바위산이다. 해발 637m로 북한산이나 도봉산보다 낮아 성형처럼 산에 가지 않는 사람도 부담 없이 오를 수 있을 것 같았다. 길게 능선을 탈 게 아니라면 왕복 3시간 정도면 충분하다. 다만 날씨가 변수였다. 학기가 끝나고 난 6월 말은 무더웠다.

7호선 장암역에서 성형과 만나기로 했다.

"헤이, 손 이경."

"누구…… 시죠?"

민간인 신분으로 본 성형미인은 달라도 너무 달랐다. 머리 스타일이야 그렇다고 쳐도 '초돼지'가 되어 있었다. 제대 후

24kg이 쪘다고 했다. 배도 많이 나왔다. 자기관리에 그렇게 철저했던 성형미인은 도대체 어디로…….

"얌마, 공부하느라 운동할 시간이 없었지."

산을 오르며 지나친 석림사 계곡은 수려했다. 돌산답게 중간중간 등장하는 조망터가 무더위를 씻어줬다. 북한산, 도봉산의 명성에 눌리지만 수락산은 충분히 명산의 자질을 갖추고 있었다. 아기자기한 산세에 감탄하며 올랐다.

그런데 형은 아니었다. 나와는 달리 주변을 둘러볼 여유가 없어 보였다. 앞만 보고 걸었다. 불어난 체중으로 오랜만에 산에 오른 탓인지 지켜보는 사람이 안쓰러울 정도로 많은 땀을 흘리며 힘겹게 오르고 있었다. 형은 '운동해야겠네, 운동해야겠어, 손 이경에게 밀릴 줄이야'를 돌림노래 삼아 올랐다 쉬다를 반복했고 그렇게 정상까지 왔다.

"얌마, 벌써 내려가려고? 인증샷은 찍고 가야지."

성형은 인심 좋아 보이는 아저씨에게 사진 한 방을 부탁했다. 나의 핑크색 니콘 쿨픽스 2100을 건네받은 아저씨는 확고한 사진 철학이 있는지 우리에게 다양한 포즈를 요구했다. 우리가 자세를 잡고 나서도 아저씨는 아직 부족하다는 듯 촬영 장소를 계속 옮겼다. 원하는 구도가 안 나오는 모양이었다.

아저씨는 점점 더 뒤로 가더니 가파른 비탈로 접어들었다.

더 가면 안 될 텐데, 속으로 생각하던 찰나 급기야 균형을 잃고 넘어지셨다. 손에 든 디카는 비탈 밑으로 떼구르 굴렀다.

"괜찮으세요?"

누가 먼저랄 것도 없이 우리는 다급하게 아저씨의 안부를 물었지만 봐서 알고 있었다. 크게 다친 곳이 없음을. 그보다는 산 아래로 굴러간 내 디카의 운명이 걱정이었다. 경사가 급하고 잡목이 우거져 있어 도저히 내려갈 엄두가 안 났다. 슬프지만 속으로 작별을 고했다.

카메라는 본전을 다 뽑고도 남을 만큼 오래 썼다. 배터리 소모량이 어마어마해 본체 값보다 건전지 값을 더 쓸 정도로 유지비가 감당이 되지 않는 기종이었다. 전용 배터리로 충전하고 반영구적으로 쓸 수 있는 새로운 기종을 살 때가 되었다고 통크게 생각했다.

"괜찮습니다. 카메라는 쓸 만큼 썼고, 어차피 새로 하나 사야지 하고 생각하고 있었어요, 하하하."

하산길은 경쾌했다. 성형도 하산길은 빨랐다. 자신의 무게를 감당하지 못해 스키 타는 느낌으로 내려갔다. 100m 정도 내려왔을까. 그때 뒤에서 부르는 소리가 들렸다.

"학생! 학생!!! 거기 좀 서봐요."

아까 그 사진 작가님이었다. 사진 작가 아저씨의 한 손에는 핑크색 니콘 쿨픽스 2100이 매달려 있었다.

"그냥 가면 어떡해요. 자, 여기요. 멋진 사진은 못 찍었지만."

아저씨의 등산복은 흙투성이었다. 길도 없는 위험한 곳을 온몸으로 헤치고 가서 끝내 카메라를 구해온 것이었다. 그 순간 서울이라는 공간이 비로소 내게 장소로 다가왔다. 여기도 산이 있고, 사람이 있고, 정이 있는 곳이었어!

그 뒤로 북한산에도 가고, 도봉산에도 가고, 청계산에도 가는 등 서울 근교의 산에 다녔다. 집 밖을 나서는 심리적 문턱이 훨씬 낮게 느껴졌다.

나는 다짐했다. 지하철역에서 길을 물어보는 사람에게 친절하고 자세하게 알려주겠다고. 소낙비에 어쩔 줄 몰라하는 사람을 만났을 때 마침 우산이 두 개라면 하나를 건네겠다고. 공원에서 울고 있는 사람과 마주친다면 괜찮은지 물어보겠다고. 천만 명이 살아도 외로운 도시지만 우리의 따스한 말 한마디에 공간은 장소로 변할 수 있으니.

하지만 한밤중에 놀이터에서 담배 피고 있는 청소년들을 만난다면 그땐 눈 마주치지 말고 가던 길을 갈 것이다. 무서운 건 무서운 거다.

취준생의
홀로 산행

붓다는 인생이 고통이라고 했다. 삶이 고통인 건 우리가 불안하거나 우울해서다. 많은 취준생이 그러하듯 나 역시 전역한 뒤 복학생으로의 삶은 정해진 게 없어 불안했다. 이룬 게 없어 우울했다.

취준생 사이에서는 '문송합니다'라는 말이 돈다. 문과라서 죄송하다는 뜻이다. 기업들이 발표하는 입사 지원 자격을 보면 동감할 수밖에 없다. '지원 가능 전공: 경영, 경제 등 상경계'가 대부분이었고 가끔 '법학'이나 '언론정보', 혹은 '신문방송' 정도가 추가되었다. 꽤 많은 기업이 '역사'라거나 '문학', '철학', '종교학' 전공자에게 지원 자격을 주지 않았다.

이러한 구조적인 문제와는 별개로 선배나 친구들 중 몇몇은 취업에 성공했다. 나머지 몇몇은 어떻게 사는지 연락이 닿지 않았다. 우리가 꼭 인문학 전공자라서 그런 건 아니었다. 고도성장이 끝난 대한민국에서 취업은 상경계 이공계 가릴 것 없이 누구에게나 힘들었다. 이런 분위기는 강의실에서도 그대로 전해졌다.

▲ 20대에 완성된 지식이 남은 삶을 좌우한다

어떤 수업이었는지는 정확히 기억나지 않으나, 학생 수가 10명이 넘지 않은 소규모 토론형 강의인 문학 수업이었다. 강의 중 교수님이 갑자기 취업에 관한 이야기를 꺼냈다.

"요즘 그렇게 취직하기 힘든가요?"

"네."

"허허, 저희 때는 제일 마지막에 가는 곳이 기업이었는데 말이죠. 안 간다고 하면 지도교수님이 쫓아와서 제발 가라고 말하고 그랬는데요. 허허."

교수님은 결코 책보다 밥을 우선하는 우리를 비난하려는 의도는 아니었다. 이 안 팔릴 것 같은 등산 에세이를 감사히도 받아주고 출간해준 '책밥상'이라는 출판사 이름에서 보듯 책과 밥은 함께 갈 수 있다. 아니 함께 가야 한다! '노동'과 '자아실현'을 동시에 실현하는 것이야말로 인류가 꿈꿔온 이상향 아니었던가. 교수님의 말씀은 둘 중 하나를 강요하는 게 아니라 그냥 '라떼'는 이랬다, 정도의 건조한 회고였을 뿐이었다.

그렇지만 우리는 딱히 대꾸할 말이 없었고 강의실 분위기도 급격하게 얼어붙었다. 마치, 허허 고구려는 우리 역사고 고구려의 영토는 만주를 포함했으니 만주가 우리 땅이었죠, 와 같은 말처럼이나 아득하게 들려왔다. 갑자기 분위기가 싸늘해진 걸 알아차리셨는지 교수님은 분위기 전환을 꾀했다.

"여러분은 인문학을 전공으로 한 걸 후회하나요?"

인문학 전공 교수님이 저런 질문을 하는 건, 마치 엄마 아빠가 '넌 우리 집에서 태어난 걸 후회하니?'와 같은 거고, 아무리 엄마와 아빠가 나와 코드가 맞지 않더라도 인의예지를 오래 전부터 추구해온 이 사회에서 "두말 하면 잔소리!"라고 말할 불효자가 되긴 싫은 법. 교수님께 "네"라고 용기 내어 나서는 이는 한 명도 없었다.

그렇지만 우리 중 1/5 정도 후회하는 마음은 있었을 것 같다. 없다고 하면 거짓말일 테다. 이런 우리의 마음을 아시는지 교수님은 다음과 같이 말씀하셨다.

"후회할 수 있죠. 저는 회사에 다녀본 적이 없어요. 취업, 회사 생활, 이런 데 대해서는 드릴 말이 없습니다. 그런데 한 가지는 꼭 알려드리고 싶습니다. 여러분이 취업을 한다치면 그럴수록 지금 이 순간이 소중합니다. 살아보면 알겠지만 졸업하고 나서 책 읽을 시간이 정말 없어요. 그나마 지금 마음껏 책 읽고 친구들이랑 이야기하고, 그럴 수 있거든요. 여러분이 졸업하고 나서 부동산이라든지 주식, 이런 쪽으로 지식을 더 배울 수는 있겠지만 '가치'라든지 '세계관'은 지금 이 상태가 아마 완성된 모습일 겁니다. 지적으로 완결된 이 모습으로 남은 40년, 50년 이상을 사셔야 한다는 말입니다."

그 교수님의 말씀을 들어서는 아니지만 그 시절 나는 책을 많이 읽었다. 도서관에서 토익 준비와 상식 문제를 풀다 지겨워지면 종교학, 역사, 철학 책을 읽었다. 아니, 역이라고 해야겠다. 인문학 책을 읽다 지겨워지면 문제집을 풀었다.

그러던 어느 날, 당시 도서관 매점에서 싸구려 커피를 사고 돌아오는 길에 도서관 벽에 붙은 포스터 한 장을 발견했다. '인문학도에서 CEO까지'라는 제목의 특강 홍보 포스터였다. 솔깃했다. 친구 몇 명을 꼬드겨 함께 들어보려고 했으나 다들 심드렁했다. 취업에 대한 불안이 유독 심했던 나만 할 수 없이 홀로 가기로 했다. 연사는 학부에서 인문학을 전공하고 대한민국 모두가 다 아는 대기업에서 CEO로 활약 중인 분이었다.

특강은 300명 정도를 수용할 수 있는 대규모 강의실에서 열렸다. 취업난을 반영하듯 빈자리 없이 학생들로 빽빽하게 찼다. 그중에는 나 같은 인문대생은 물론이고 사회대생이나 경영대생 그리고 이공계 학생들도 있었을 테다.

특강이 시작되었다. 그분이 걸어온 삶에 관해 요약한 뒤, 기업에서 어떤 성과를 발휘했는지를 설명했다. 직장인인 지금이라면 그날 특강을 끝까지 주의 깊게 들었을 텐데 그때는 당장 취업이 관심사였고 그분이 어떤 스펙을 쌓아 어떻게 입사했는지가 궁금했다. 그러나 그분의 스펙은 내가 걸을 수 있는 게 아니었다.

"공부요? 학부 때 인문학에 별로 흥미를 못 느꼈죠. 허허. 졸업하고 미국 가서 MBA를 밟았어요."

아, 역시 인문대 학부생은 안 되는구나. 복수전공이라도 해야 하나, 아니면 졸업하고 대학원에서라도 경영 공부를 해야 하나, 하는 고민만 더한 채 특강 도중에 빠져나와 버렸다.

'포기하지 않는 자에게 고난은 성장의 밑거름'이라는 MC. 스나이퍼 가사를 머릿속으로 되뇌며 생각했다. 비록 미국에 갈 용기도 돈도 없었지만 나에게는 산에 갈 차비와 체력은 있었다.

▲ 등산의 기준, 국립공원

중간고사나 기말고사, 토익시험이 없는 주말에는 산에 갔다. 이렇게 말하면 꽤 많은 산에 올랐을 것 같지만 그렇지 않다. 이런저런 시험은 계속됐고, 궂은 날씨에는 산에 갈 마음이 생기지 않았다. 한 학기에 겨우 한두 번 정도 산으로 향했다.

산행지는 국립공원을 우선으로 했다. 대한민국의 국립공원은 다도해나 한려해상 그리고 경주 ― 경주조차 단석산이나 남산은 산이다 ― 를 제외하면 죄다 산으로, 국립공원의 다른 의미는 '명산'이다. 국립공원의 산에 갔는데도 별로 감흥이 없다면 다른 대한민국 산에도 별다른 흥미를 보이지 않을 가능성이 높다. 그만큼 국립공원은 산악미가 빼어나다.

서울 근교에 위치한 북한산도 국립공원이지만 대학생 때는 굳이 가지 않았다. 언제라도 오를 수 있겠다 싶어서다. 서울에서 꽤 거리가 먼 치악산, 소백산, 월악산에 갔다. 설악산이나 오대산은 당일 대중교통으로 왔다 가기엔 다소 버거울 것 같아 제외했다.

지금은 편리함이나 시간상의 이유로 자가용을 이용해 산에 갈 때가 많지만, 그때는 시간도 많고 '마이 카'도 없었기에 주로 대중교통으로 산에 갔다. 이동 시간은 오래 걸리지만 눈은 즐거웠다. 도시를 벗어나 논과 산 그리고 드문드문 이어지는 집을 보자면 도시에서는 느낄 수 없었던 포근함이 전해져 왔다. 중간에 휴게소나 소도시 버스터미널에 정차할 때도 좋았다. 낯섦이 주는 설렘에 심장이 쿵쿵 방망이질을 해대기도 했다. 그리고 무엇보다도 두 다리를 오롯이 산행에만 집중할 수 있었다.

왕복 6시간 이상을 순전히 이동에만 써야 하는 산행이지만 국립공원들은 나를 실망시키지 않았다. 지금은 없어진 노선인데 예전에는 동서울터미널에서 월악산 송계리까지 한번에 가는 노선이 있었다. 월악산 영봉에서 바라본 운무 가득한 충주호는 내 생애 본 최고의 경관을 뽑아보라면 무조건 다섯 손가락 안에 든다.

치를 떨고 악을 써야 오를 수 있다는 치악산은 예상보다는 힘들지 않았고 사다리병창길이 재밌었다. 구룡폭포와 정상에서 바라본 치악산 주능선이 아름다워서 취업한 뒤 남대봉에서 비로봉으로 이어지는 치악산 종주에 또다시 나서기도 했다.

무엇보다 이 시기에 갔던 산 중 최고의 국립공원을 꼽으라면 단연 소백산이다. 사회 교과목에서 한국지리를 배울 때 태백산맥, 소백산맥, 노령산맥, 차령산맥 등등 산맥 이름을 외웠던 기억이 난다.

《태백산맥》이라는 대하소설도 있지만 요즘 산악인들은 태백산맥보다는 '백두대간'이라는 말을 선호한다. 태백산맥은 일제 강점기 때 우리 산하를 이해하기 위해 만들어진 지질학적 개념이다. 우리에게는 이전부터 백두대간이라는, 우리 산을 이해하는 틀이 있었다. 산맥이 지질학적 개념인데 비해 백두대간은 지표면의 모습을 기반으로 한 표현이다. 당연히 사람의 삶에 더 큰 영향을 끼친 건 태백산맥이 아니라 백두대간이다.

태백산과 소백산이라는 이름만 보자면 태백산이 엄청 크고 험하고 소백산은 그보다는 작게 느껴진다. 이름으로 섣불리 산세를 짐작하면 안 된다는 점을 소백산은 증명한다. 해발고도가 태백산보다 조금 낮긴 해도 소백산은 태백산보다 더 일찍 국립공원에 지정될 만큼 빼어난 산악미를 자랑한다. 조선 후기에 유행한 '십승지_{어떠한 난리가 나더라도 이곳으로 피하면 살 수 있다는, 조선인들의 이상향}'중에서 첫째로 등장하는 풍기 금계촌이 위치한 곳이 소백산일 정도로, 소백산의 명성은 뿌리가 깊다.

소백산의 매력은 여러 가지다. 산의 규모에 걸맞게 곳곳에 깊은 계곡을 품고 봄이면 철쭉, 여름이면 에델바이스, 가을은 단풍, 겨울 상고대_{과냉각된 미세한 물방울이 나뭇가지 등의 물체에 부딪히면서 만들어진 얼음 입자} 등 사시사철 즐거운 산행이 가능하다. 그중에서

딱 한 가지만 꼽으라면 국망봉, 비로봉, 연화봉으로 이어지는 주능선이다.

한국의 산은 대개 능선이 바위이거나, 숲으로 덮여 있는데 소백산 주능선은 초원이다. 초원 사이로 드문드문 보이는 주목은 또 하나의 매력이다. 능선을 이루는 곡선이 완만하여 오르고 내리는 데 부담도 크게 없다. 비록 내가 가본 건 아니지만 알프스에 가봤던 한 지인에 따르면 소백산 주능선은 '알프스를 걷는 느낌'이 난다고 했다.

▲ 소백산 능선길, 세상사 잡념을 떨쳐내다

3학년 2학기 중간고사를 마치고 금요일 소백산(1440m)으로 향했다. 전역한 뒤 나는 무조건 주 4일에 모든 수업을 몰아넣었다. 금·토·일을 확보해 최대한 자주 산에 가려고 짠 시간표다.

들머리는 서울에서 접근하기 좋은 단양으로 정했다. 지금은 새로 증축한 지 얼마 안 됐지만 2008년만 해도 단양 버스터미널은 아주 낙후된 건물이었다. 날은 흐려 우중충한 평일, 등산객은 거의 보이지 않았다. 버스터미널에서 내려 택시를 탔다.

들머리는 다리안국민관광지였다. 다리 안에 폭포가 있다는 의미였다. 산에 다니다 보면 이처럼 의미를 알고 나면 풋, 하고 웃음을 짓게 만드는 지명을 만나는데 다리안도 그중 하나였다. 다소 성의 없는 이름과 달리 다리안폭포는 2단으로 구성된 꽤 규모 있는 폭포였다.

폭포를 구경한 뒤 좌우로 우뚝 선 바위를 지나면 천동계곡이 길게 이어진다. 천동계곡 길은 정상인 비로봉까지 6km가 넘는다. 꽤 길지만 경사가 급하지 않아 힘들이지 않고 오를 수 있다. 신선이 노닐었을 신선 바위를 지나고 천동 쉼터까지 오면 계곡은 끝난다. 이후로 고사목과 주목 군락지가 나타나 눈을 즐겁게 했다. 계속된 볼거리에 입에서 절로 탄성이 나왔다.

2시간을 올라 주능선에 섰다. 소백산의 또다른 명물인 칼바람이 양옆에서 마구 내 볼을 때렸다. 흐린 날씨 때문에 능선에서 아래 세상을 바라보는 조망은 명쾌하진 않았지만 11월 늦가을 황무지 느낌이, 나름 운치가 있었다. 홀로 멜랑콜리에 취해 즐겁게 걸었다.

비로봉을 뒤로하고 연화봉으로 향했다. 조망이 뻥 뚫린 능선은 걸음을 경쾌하게 해줬다. 마음도 홀가분해졌다. 비로봉에서 연화봉까지는 2시간. 성적, 토익, 취업, 연애, 월세, 가스비, 지구 평화, 환경 오염 등에 관한 고민이 능선을 걷는 순간

만큼은 사라졌다.

연화봉에서 희방사로 내려가는 구간은 오르막과 달리 급경사였다. 덕분에 50분 만에 하산을 끝냈다. 어떤 산이든 고통의 총량은 같다. 덜 힘들고 많이 걸을 것인가, 힘들지만 짧게 걸을 것인가. 연화봉에서 희방사 구간은 후자였다.

산 아래에는 아직 단풍이 한창이었다. 약 30m의 높이를 자랑하는 희방폭포는 늦가을인 탓에 수량이 많지 않았지만 그래도 썩 폭포다운 모습을 보여줬다.

이렇게 소백산 산행은 끝났다. 소백산을 중심으로 단양과 풍기, 영주 쪽 억양이 달라지는 걸 교과서로는 알았지만 실제로 겪어보니 신기했다. 언어가 곧 '사고'라는 점에서 소백산 서쪽과 동쪽의 말이 다르니 이 두 지역의 생활문화도 같지는 않을 테다.

이제 산에는 맹수가 사라졌고 등산로가 잘 닦여서 소백산이 더는 오르기 어려운 산이 아니지만 이처럼 산은 여전히 큰 존재감을 발휘하고 있었다. 두 지역의 억양 차이보다 더 인상적인 장면은 버스를 타고 풍기와 영주를 지나면서 본 풍경이었다.

외부인의 안일한 시선일 수도 있지만 이곳에서 시간은 서울에서보다 1.5배는 여유롭게 흘러가는 듯했다. 아니, 어쩌면 서울의 속도가 정상의 흐름보다 빠른 것일지도. 차량이 없는 덕에 버스는 느릿하게 움직였다. 급정거, 급발진이 없었고 도로를 무단으로 횡단하는 사람들에게 경적을 울리지도 않았다. 거리를 지나가는 내 또래 젊은이들의 얼굴에도 초조함이나 불안보다는 평온함이 베어 있었다.

　물론 이곳에서의 삶도 도시에서의 삶과 별반 다르진 않을 테다. 밥벌이의 고단함, 불안한 미래 등등. 농부는 밭을 탓하지 않는다고 했던가. 각자 위치한 곳에서 열심히 하면 될 일인데 그 시절 나는 그럴 자신이 없었고 미래는 막연히 불안했다. 그렇지만 이곳에서만큼은 아주 잠깐 홀가분해졌다.

　수업에서도, CEO의 특강에서도 자극받지 못했던 나는 소백산에서 우연하게 힘을 주는 문장을 발견했다. 부산의 집으로 가기 위해 탄, 영주로 향하는 버스에서 흘러가던 풍경을 보던 중 한 마트 건물이 눈에 들어왔다. 버스가 그 건물 앞에 정차했을 때 붙어 있던 구인 공고를 보았다.

　지원 자격 : 18세 이상, 성실한 사람 우대

성실한 사람이 성공하진 않겠지만 성실하면 밥벌이는 가능할 테다. 한국은 세계 10위권 경제 규모를 자랑하고 아무리 고도 성장이 끝나 취직이 안 된다고 하지만 사람이 필요한 곳은 어디에나 있고 성실하게 일한다면 어디선가는 내 쓸모가 필요할 것이다.

저 글귀를 본 뒤, 안동에서 부산으로 향하는 고속버스에서 그간 누리지 못했던 평온함에 싸여 스르르 잠을 청했다.

이후, 시험 치고, 면접 보고, 그러고 나서 합격 발표가 날 때까지 내가 할 수 있는 건 시간을 견디는 것이었다. 가만히 집에만 있으면 온갖 부정적인 생각에 휩싸였다. 걸으면 괜찮아졌다. 그 길이 산길이면 더 좋았다. 산길은 험하니, 안 넘어지고 안 다치기 위해서는 좀 더 걸음에 집중해야 했다. 산에서는 잡념이 내 몸을 갉아먹을 틈이 없었다.

함께라
덜 불안한 우리

농경사회에 비해 도시화·산업화된 근대사회를 사는 현대인은 복잡하게 살아간다. 그중에서 전근대인이 하지 않았던 두 가지가 '운동'과 '여행'이다. 물론 전근대인 중에서도 무관들은 육체를 단련했고, 조선 시대 유산기를 남긴 수많은 유학자들이 그러했듯 다른 지역을 여행한 유산 계급이 있긴 했다. 특수한 사례였고 보편적이진 않았다.

농경사회를 이루는 수많은 농민들에게 일이 곧 운동이었고, 특수한 경우가 아니고는 태어난 곳에서 죽을 때까지 사는 곳을 벗어나지 않았다. 이에 비해 현대인들은 공교육 시스템에서부터 운동하고, 여행하도록 훈육된다.

운동과 여행이라는 요소를 모두 갖추고 있는 등산은 그런 의미에서 지극히 근대적인 현상이다. 몽블랑을 비롯한 알프스나 에베레스트를 위시한 히말라야의 고산준령에 사람이 오른 게 불과 2세기도 안 된다는 사실은 이를 방증한다.

그런데 고백할 점은 내게 등산은 별로 운동이 되지 않았다는 것이다. 자주 해야 운동이 되는데 등산은 자주 하기엔 여러 가지 제약이 있다. 그중 가장 큰 장벽은 빈도다. 보통 사람이라면 매일 산에 가기 힘들다.

국민학교 시절, 주 6일제라 아무리 많이 가도 1주일에 한 번 갈 수 있을 뿐인데 그마저도 날씨나 아버지의 근무 일정에 따라 건너뛰어야 했다. 이런 사정은 다 크고 나서도 마찬가지였다. 시간 사용이 상대적으로 자유로운 대학생이라고 해도 평일에는 수업이 있었고, 주말에는 과제와 토익 등 시험 일정에 밀리다 보면 한 달에 한 번 산에 갈까 말까였다.

이 정도 주기로 산에 가서는 운동 효과를 기대하기 어려웠다. 안 간 것보다야 낫긴 하겠지만 뱃살이 줄어들고 허벅지가 탄탄해지길 바라는 건 도둑놈 심보다.

그래서 나에게 등산은 운동이라기보다는 여행의 성격이 더 강했다. 여행에서 중요한 두 가지를 꼽으라면 '공간'과 '사람'이다. 어디를 누구와 가느냐가 좋은 여행인지 아닌지를 결정한다. 혼자 가는 여행도 때론 필요하겠지만, 누군가와 함께하는 길에서도 풍성한 매력은 있다.

▲ 동해 두타산, 골 때리게 힘든

내 인생에서 고등학교 1학년 시절은 큰 변곡점이었다. 인간의 성장에서 학창 시절에 어떤 친구를 만나느냐는 내가 어떤 인간으로 성장하느냐와 밀접한 관계가 있다. 아이가 잘못을 저질렀을 때 "우리 아이가 착한데 친구를 잘못 사귀었습니다. 너그럽게 선처해주세요"라는 부모님의 말에는 어느 정도의 진실이 담겨 있다. 1학년 8반 교실에서 내 성격은 180도 변했다.

중학교 때까지 나는 몹시 소심하고 과묵했다. 내성적인 아이였다. 어떤 학교든 1학년은 서로 다른 곳에서 각자의 영역을 지키던 아이들이 한데 모여 '마운팅'을 하는 시기다. 내가 다니던 고등학교는 10학급이었는데, 선생님들이 통제하기 어려운 학급 두 학급을 꼽으라면 그중 하나가 우리 반이었다.

몹시 유순한 나였지만, 학급 분위기에 물들어가며 서서히 내 안에 잠들어 있던 관종 기질이 깨어나기 시작했다. 특히 K 영향이 컸다. 쉬는 시간에 미국 프로레슬러 ─ 지금은 영화배우가 된 — 더 락의 퍼포먼스를 교단 위에서 펼쳤고 친구들을 웃기는 데 결코 실패하는 법이 없었으며 무섭기로 소문난 선생님 앞에서도 당당히 할 말을 했다. 운동도 잘했다. 공부에는 그다지 관심이 없었다. 난 그가 부러웠다.

그런 K의 본가가 부산에서 동해로 이사했다. 강원도 동해는 두타산이 있는 도시다. 산꾼들 사이에서는 농담조로 머리 두頭, 칠 타打로 해석해 '골 때리는 산'이라 부르기도 한다. 하지만 두타산의 '두타頭陀'는 범어로서 세속의 모든 번뇌를 버리고 불도를 닦는 수행을 의미한다. 이땅에서 불교가 뿌리내린 세월이 오래이다 보니 산이나 봉우리 이름에 불교 영향이 밴 게 많다. 동해 두타산이 그중 하나다.

두타산은 바다에서 불쑥 솟았다. 두타산이 1357m이고 이웃한 청옥산이 1404m로 높이가 만만치 않다. 육지의 비슷한 높이의 산보다 바다에 바로 붙어서 훨씬 더 드라마틱한 모습을 보여준다. 동해 묵호항에서는 동해와 함께 두타산을 한눈에 볼 수 있는데, 속초 동명항에서 설악산을 바라봤을 때의 느낌과 비슷하다. 수심이 깊어 푸르름을 자랑하는 동해와 우뚝 솟은 1000m이상의 산의 대비가 인상적인 영동 지방의 풍경이다.

동시에 이 말은, 이 일대 산을 오르기가 힘들다는 뜻이기도 하다. 바다 옆에 바로 붙어서 산행을 시작하다 보니 보통 들머리 고도가 낮다. 차가 아니라 내 걸음으로 오롯이 고도를 높여야 한다.

때는 5월 어느 금요일이었다. K와 내가 도착한 들머리인 무릉계곡에는 사람이 거의 없었다. 매표소 입구에 도착하니 자욱한 안개가 산허리까지 내려와 있었다. 오늘 조망은 틀렸군, 계곡이나 실컷 보자, 는 생각으로 산행을 시작했다.

보통 이맘 때 계곡에는 물이 없지만 다행히 전날 내린 비로 계곡의 물은 풍성했다. 입구에서부터 엄청난 규모의 계곡이 우리를 맞았다. 과연 무릉이라는 이름에 걸맞았다. 강원도를 내달리는 백두대간의 산줄기에서는 입을 떡 벌리게 하는 계곡을 만날 수 있다. 설악산 천불동계곡이나 노인봉 소금강계곡 그리고 응봉산 용소골과 두타산 무릉계곡까지. 이곳의 폭포와 소, 기암절벽은 확실히 다른 지역의 산과는 달랐다.

관음폭포와 선녀탕, 쌍폭과 용추폭포를 차례로 지나면서 우리는 계속 감탄했다. 용추폭포를 지나서도 한동안 계곡이 계속 이어졌다. 우리는 이날 산행에서 단 한 사람의 등산객과도 만나지 못했다. 평일인 탓도 있겠지만 무릉계곡에서 시작하는 길은 꼬박 하루를 잡아야 할 만큼 부담스러운 코스라는 이유도 있었다.

계곡을 지나 박달재로 오르는 구간은 '울고 넘는 박달재'라는 노래가 저절로 떠오를 정도로 가팔랐다. 박달재야 전국 산 곳곳에 있으니 가사를 쓴 사람이 두타산 박달재를 올랐는지는 모르겠으나 계곡이 끊기고 지루한 오르막이 계속되는 3시간이 몹시 힘들었다. 들머리 고도가 200m 정도인데 정상까지 1000m 이상 고도를 높여야 하니 당연했다. 육두문자를 땀과 함께 쏟으며 박달재에 도착한 뒤에는 능선에 아직 남아 있는 철쭉을 보며 걸어갔다.

두타산 정상은 사방이 확 트인 평지였다. 이름 없는 묘가 하나 있었다. 서쪽으로 고적대와 청옥산이 한꺼번에 보였다. 동해 바다까지 조망되기에는 거리가 약간 먼 듯하고 날씨가 맑은 날에도 동해 바다를 보기는 일반인의 보통 눈으로는 다소 어렵지 않을까 싶었다.

정상에서도 사람은 한 명도 만나지 못했다. 덕분에 우리는 고등학교 때 모습으로 돌아가 각종 이상한 포즈를 취하며 사진을 찍고 또 찍어줬다.

내리막은 두타산성 길로 경사가 몹시 급했다. 오르는 길에서는 흔하지 않았던 큰 소나무가 자주 눈에 띄었다. 중간 중간 조망이 뚫리는 곳이 있어 무릎은 아팠지만 눈은 즐거웠다. 산성 12폭포는 감히 설악산 토왕성폭포에 비할 바는 아니나 엄청난 규모를 자랑했다.

장장 8시간. K와 내가 두타산에서 보낸 시간이다. 우리는 산행 내내 이런저런 이야기를 주고받았다. 계곡이나 정상에서 어린 시절 철없던 모습으로 돌아가긴 했지만 대부분 차분하게 걸으면서 앞으로 어떻게 살고, 졸업 후에는 무엇을 할 것인지에 관해 이야기를 나눴다.

나야 그렇다 쳐도 K는 고등학교를 졸업하고 군대에 다녀온 뒤 몰라보게 차분해져 있었다. 이런 변화가 반가우면서도 한편으로는 약간 아쉽기도 했다.

▲ 광양 백운산, 지리산이 한눈에 보이는 곳

1월, J에게 연락했다. J는 중·고등학교 친구다. 교내 백일장 장원을 독식할 만큼 시를 잘 썼다. 좋은 문장을 쓰기 위해 1년에 60~70권 정도 책을 읽어대던 나와 달리 J는 별로 책을 읽지 않고 좋은 글을 써야겠다는 생각도 없는 듯한데 얄밉게도 잘 썼다. 글에 재능이 있는 친구였다.

불행인지 다행인지 J의 글재주는 열매를 맺지 못했는데 대학 전공을 경영으로 정했다. 전역하고 복학해서는 순우리말보다는 영어로 이뤄진 최신 마케팅 용어를 익히느라 바쁜 눈치였다.

"겨울방학인데 뭐 하노?"

"걍 있다. 와?"

"산에나 가자."

"미친, 알그따."

J는 산에 별로 관심 없는 친구였으니 자연스레 산행지는 내가 정했다. 1박 2일 일정으로 광양 백운산과 남해 금산으로 정했다. 여러 산 중에서도 광양 백운산을 콕 짚은 이유는 지리산 때문이다.

문학 용어 중에서 '상호 텍스트성'이라는 게 있다. 크리스테바가 먼저 제안하고, 롤랑 바르트 등도 사용했는데 의미와 해석이 한 작가의 독창성에 달린 게 아니라 기존에 존재하던 다른 텍스트와의 관계에 의존한다는 뜻이다.

등산 역시 상호 텍스트성으로 접근하면 좀 더 산의 모습을 다양하게 볼 수 있다. 그 산만 올라서는 산의 모습을 제대로 볼 수 없다. 다른 봉우리에 올라서봐야 그 모습이 제대로 보인다. 광양 백운산이 그런 산이다. 지리산에 오르더라도 지리산의 전체 모습을 볼 수는 없다. 지리산의 장쾌한 주능선을 한눈에 보기 위해서는 광양 백운산이나 함양 백운산에 올라야 한다. 부산에서 접근하기에는 함양 백운산보다는 광양 백운산이 편했다.

목요일 평일에 광양으로 향하는 버스에 몸을 실었다. 광양은 제철소를 비롯해 굵직한 공장이 많은 곳이다. 그래서인지 도로가 넓었는데 그 도로 위로 컨테이너를 실은 거대한 차량이 빠른 속도로 달리고 있었다. 들머리인 진틀로 가기 위해서는 동곡리나 답곡으로 가는 시내버스를 타야 했다. 배차 간격이 1시간 정도였다.

들머리 진틀은 한적한 농촌이었다. 밑으로는 펜션과 민박집이 늘어섰다. 여름이면 계곡을 즐기러 온 피서객으로 꽤 시끄러울 것 같았다. 가을걷이가 끝나고 산 위에는 눈이 쌓인 겨울, 게다가 평일이었다. 도심 근처 산에서는 다른 사람의 시선을 의식해서 여전히 청바지를 고수했으나 평일 광양 백운산에서 그럴 필요는 없었다. 나나 친구나 산행에 편한 등산복을 입었고 버스에 딱 봐도 쟤네들 산에 가네, 할 승객은 우리 둘밖에 없었다. 정해지지 않은 미래에 불안하면서도 언제 또 이런 여유를 누리겠냐는 생각에 마음은 즐거웠다.

진틀에서 신선대를 거쳐 정상까지는 2시간 30분 정도 걸렸다. 운동량 부족으로 꽤나 고전한 산행이었다. 산에 전혀 오르지 않는 J가 오히려 성큼성큼 더 잘 걸었다(역시 한 달에 한두 번 산에 가서는 운동 효과가 크지 않았어!).

건조한 겨울이고, 시계도 좋지 않아 볼 건 거의 없었다. 정상부(1218m)에 갈수록 쌓인 눈이 곳곳에 보이긴 했으나 나무에 쌓인 눈은 다 녹아 겨울 산행의 하이라이트라는 상고대는 전혀 없었다. 우리는, 아니 정확히 말하자면 나는 오로지 정상에서 볼 지리산 풍경만 고대하고 있었다. 박무로 시계가 흐려서 보지 못할까 걱정했으나 정상에 서는 순간 나는 감탄할 수밖에 없었다. 지리산의 장쾌한 능선이 선명하게 보였다!

다른 봉우리가 모두 갈색인 가운데 가장 오른쪽에 툭 튀어나온 해발 1915m 천왕봉만 흰색을 뽐내고 있었다. 우리 눈앞에 펼쳐진 산이 대한민국의 대표적인 명산 지리산인 걸 모르는지 J가 무덤덤하기에 '저기 보이는 저 능선이 바로 지리산 주능선'이라고 말했다.

"그렇군."

J는 담담하게 대답했다. 지리산 주능선보다는 남해로 흘러가는 섬진강에 더 감탄한 눈치였다. 지리산 주능선과 섬진강을 함께 볼 수 있는 광양 백운산은 정말로 조망 명소였다. 좀

더 여유롭게 정상에서 경치를 감상하고 싶었으나 바람이 차가웠다. 부지런히 하산해 들머리인 진틀로 돌아온 후 광양 버스터미널로 가서 다시 남해로 향했다.

▲ 남해 금산, 소원을 빌다

J와의 다음 목적지는 남해 금산이었다. 조선 왕족 이름이 외자였다는데, 그런 면에서 금산은 고귀한 산이다. 뜻도 골드 마운틴. 이곳에는 기도 효력이 높기로 유명한 보리암이 있다. 조선 태조 이성계가 자신이 왕이 되면 산을 온통 금으로 장식하겠다고 해놓고, 정작 왕이 되자 동원할 금이 없어 이름을 금산으로 해버렸다는 전설이 있는 산. 이성계처럼 나라를 세우겠다는 결심은 없었지만 우리 둘 다 빌 소원이 있었다.

남해에서 하루 자고 금산 산행은 이튿날 진행할 터였다. 도시에서의 삶에 익숙한 나는 찜질방에서 저렴하게 밤을 새면 되겠다고 생각했다. 인터넷으로 검색해보니 상주해수욕장 쪽에 찜질방이 있었다. 그곳을 우리의 베이스캠프로 정했으나 막상 가보니 주말만 영업한다고 적혀 있었다.

할 수 없이 우리는 근처 민박집에서 자기로 했다. 비수기에 평일이라 방값이 그리 비싸지 않았다. 그럼에도 예정에 없던

지출을 했으니 우리는 저녁 밥값이라도 아끼기로 했다. 군대에서도 밥 안 먹이면 가혹 행위인데 나는 이 가혹 행위를 J에게 강제했다. J는 무덤덤한 친구라 받아들였다. 그래서 선택한 저녁은 농심 새우탕 컵라면에 소주였다.

J와 나의 그 당시 공통점은 거의 모태 솔로와 다를 바 없는 삶을 살고 있었다는 점이다. 공학을 다녔다면 분명 J의 필력은 숱한 연애로 이어졌겠지만 아쉽게도 남중·남고였다. 한창 감수성 예민할 10대라면 문장 하나로 먹고 들어갈 수 있었다. 머리가 굳어지니 문장으론 부족했다. 무엇보다 우리에겐 직장이 필요했다. 선 취업 후 연애. 그래서 그 친구나 나나 당면 양대 고민이 취업과 연애고, 우리 둘은 불안한 미래와 안 풀리는 연애 이야기를 안주 삼아 소주를 들이켰다. 안주가 문제였을까. 지리산에서 마셨던 소주처럼 남해에서 마시는 소주도 맛이 없었다.

이튿날, 바다에 온 김에 누군가 한 명은 아침 일출을 보려고 일찍 일어날 만도 했지만 우리는 둘 다 해가 뜰 때까지 잤다. 전날 산행으로 피곤했던 탓이다.

날이 완전히 밝은 아침, 짐을 싸서 민박집을 나섰다. 백운산 산행으로 몸은 무거웠지만 광양 백운산은 해발 1218m이고 남해 금산은 681m다. 심리적으로는 홀가분했다.

밑에서는 맑았지만 올라가는 동안 날이 흐려졌고 진눈깨비가 흩날렸다. 쾌청한 날이었다면 아래로 펼쳐진 다도해가 장관이었겠지만 지금은 썩 만족스러운 경치는 아니었다. 어쨌거나 우리의 목표는 보리암에서 소원을 비는 것이었다. 보리암에 도착하기 전에 쌍홍문을 지났다. 거대한 바위가 해골을 닮은 모습이다. 두 개의 커다란 구멍이 우리에게 묻는 듯했다.

"제행이 무상하고 제법이 무아이거늘 어리석은 중생들이여, 너흰 무슨 소원을 빌러 왔는가……."

혼자 왔다면, 쌍홍문의 압도적인 규모와 모습에 다리에 힘이 풀려 주저앉을 정도였다. 다행히 우리는 둘이었고 J와 나는 불교 종단 소속의 중학교를 다녔으며 우리 둘 다 진지한 불교 신자는 아니었지만 이러저러해서 불교와 썩 가까웠기에 설마 저 해골이 우리를 벌할 것 같지는 않았다.

쌍홍문을 지나 보리암에 도착해 기도하는 곳에서 예를 갖춰 절했다. 많은 한국인이 작명소에서 받은 이름으로 태어나고, 수능 100일 전에는 팔공산 갓바위에 수많은 학부모들이 몰리지 않는가.

금산을 내려오며 나는 J에게 물었다.

"뭐 빌었노?"

"내? 취업. 니는?"

"내도, 취업 빌었지. 그리고 연애랑 로또랑."

"세 개나? 욕심 많네. 로또 걸리면 취업 안 해도 된다이가."

"취미로 회사 다녀야지."

"도라이네, ㅎㅎㅎ."

남해 금산 산행까지 무사히 마친 우리는 상주해수욕장에서 남해시외버스터미널까지 가는 버스를 탔다. 운전기사 분이 다소 성격이 급한 듯했다. 한 할아버지가 정류장이 아닌 곳에서 버스를 세웠다. 그리고 느릿느릿 버스로 올라섰다. 기사 아저씨는 화를 냈다.

"아따, 마. 할배따무네 지금 버스 선 거 안 보이는교? 후딱후딱 빨리 타소. 한두 번도 아니고."

영주 풍기 버스에서 봤던 여유로운 모습과 대비되는 모습에 혼자 풋, 하고 웃었다. 기사 아저씨 분의 말로 짐작하자면, 이 할아버지는 단골 민폐 승객인 듯했다. 아마 영주 풍기 버스 기사 아저씨 분도 이런 상황이었다면 화를 내셨을 테다.

드디어 제게도 사랑하는 사람이 생겼어요

남해 금산 기도가 효과가 있었는지, 내게도 애인이 생겼다. 역성혁명도 가능하게 해준 산인데 짚신에 제 짝 만들어주는 게 대수냐는 느낌으로 정말 생겼다.

대학생 시절 나는 상당히 어두웠다. 쇼펜하우어의 인식론과 불교 철학에 관심이 많았다. 독학자들이 빠지기 쉬운 '근본 없는 마음대로 해석'의 길로 빠졌다. 인생은 고통이다, 고통을 끊기 위해서는 재생산을 하지 않아야 된다, 이성애 가부장제는 고통의 재생산에서 핵심이다, 연애를 하지 않아야 한다, 이대로 살다 죽겠다, 는 마음으로 하루하루를 살았다.

돌이켜보면 '연애하지 못했다'는 결과가 나의 가치관을 정의해버린 시절이었다. 하고 싶은데 못 하니, 나머지 인지를 바꿔버린 인지 부조화의 해소 과정이었던 거다.

모든 연애하는 당사자 두 명에게 그들의 만남은, 홍해를 가른 모세의 기적이나 곰이 마늘과 쑥만 먹었더니 인간이 되어버린 단군신화에 버금갈 만한 신성한 일인데 우리 역시 그러했다. 졸업하기 직전 학기, 나는 우연히 블로그에서 알게 된 사람과 만나 자연스레 친해졌다. 계기가 된 블로그 글은 롤랑 바르트 책에 관한 짧은 글이었다(교수님, 인문학도 쓸 데가 있었군요!). 만나고 보니 같은 학교라는 공통점을 발견했지만 그 외 우리 둘은 그 어떤 공통 분모도 없었다. 그 사람은 현재 나의 배우자인 Y다.

　등산이 취미인 사람을 만나 이 산은 나의 산, 저 산은 너의 산, 우리 고어텍스 등산화 신고 중간에서 만납시다, 했으면 좋았겠지만 Y는 산에 가본 적이 한 번도 없었다. 관심도 없었다. 마찬가지로 영화나 미드, 일드 보기가 취미였던 Y와 달리 나는 영화관은 1년에 한 번 갈까 말까였고 드라마보다는 일본 애니메이션을 보는 편이었다. 등가교환은 아니지만 우리는 서로의 취미를 공유해보기로 했다. 연애는 서로의 세계를 넓히는 과정이니까.

오프라인에서 서로의 실물을 확인하고 나서 반 년 정도 지났을 때 나는 고백했다.

"저 사실, 등산이 취미예요. 함께 산에 가시지 않을래요?"

▲ 오대산, 우리의 첫 산행

Y와 함께 처음 찾은 산은 강원도 오대산. 비로봉이 1563m로 높지만 들머리인 상원사로부터 3.5km라 2시간 정도 오르면 될 것 같았다. 평창버스터미널을 출발한 버스는 월정사에 한 번 섰다, 상원사까지 들어갔다.

상원사에 들어가 경내를 돌아봤다. 절에서 심은 듯한 구절초 닮은 꽃이 만발해 있었다. 절에는 다른 교통편으로 온 듯한 불교 신도 10여 명이 순례 중이었다. 호젓한 분위기에 눌러앉고 싶었지만 정신 차리고 등산로로 돌아갔다.

국립공원답게 등산로가 뚜렷하고 이정표가 곳곳에 있었다. 안내판에 따르면 상원사가 이미 800m 넘는 지점이었다. 북한산 정도를 오른다고 생각하면 될 터였다. 상원사 코스의 난이도는 '보통'으로 표시되어 있었는데, 다만 적멸보궁에서부터 비로봉에 오르는 구간만은 '어려움'으로 색이 다르게 칠해져 있었다.

"괜찮아요. 저흰 젊잖아요. 그렇게 힘들지 않을 거예요."

연애 초반 화사함 필터를 제거한다면 Y에게 이날 산행이 그리 쉽지는 않았을 터다. 평소 러닝을 했다 쳐도 러닝할 때 쓰는 근육과 등산 근육은 다르기 때문이다.

지도에서 안내한 대로 과연 적멸보궁에서 비로봉으로 오르는 길은 쉼터 없이 계속해 고도를 높였다. 이 구간이 설악산 오색처럼 5km나 이어졌다면 아마, 이날 나는 바로 차였을 텐데 다행히도 일찍 끝났다. 오르는 동안 등산객은 만나지 못했고 오로지 다람쥐만이 우리를 반겼다. 그래도 정상에 서니 우리보다 먼저 오른 산객 몇 명이 있었다.

비로봉에 섰다. 사방이 다 산이었다. 국립공원에서 설치한 나무 안내판에는 "오대산의 유래는 비로봉을 주봉으로 동대산, 두로봉, 상왕봉, 호령봉 등 다섯 봉우리가 병풍처럼 펼쳐져 있다 하여 오대산이라 불리기도 하며, 신라 선덕여왕 14년(645년)에 자장율사가 왕명을 받아 당나라에서 유학하였는데, 이 산이 중국의 상서성 청량산의 별칭인 오대산과 매우 유사하다 하여 오대산이라 명명하였다고도 합니다"라고 적혀 있었다.

많은 산들이 이름을 여러 차례 바꿔온 데 비해 오대산은 무려 천 년이나 넘게 같은 이름으로 존재했다는 사실이 인상적이었다. 정상에서 노인봉과 동대산까지는 희미하게 보였으나 아쉽게도 옅은 안개로 그 밖에 발왕산이나 주문진 쪽은 확인하기 어려웠다. 조망이 좀 더 시원했다면 좋았을 텐데 곰탕에 떠다니는 파 같은 느낌의 모습이라 속상했다. 야심만만하게 준비한 데이트 코스가 어긋난 듯해 살짝 불안해졌다.

다행히도 Y는 크게 개의치 않았다. 역시나 연애 초반 화사함 필터 덕분인 듯했다. 이건 나도 마찬가지였는데, 보면서 뭐 이런 영화를 돈 주고 봐야 하나 싶은 작품도 보고 나서는 "엄청나게 재밌었어요!" 하고 말했다. 어떤 대목이 재미있었냐는 이어지는 그녀의 질문에 "전부 다요! 아, 그런데 우리 저녁은 뭐 먹어요?" 이랬으니까.

▲ 계룡산, 내 소원이 뭐냐면

Y와 두 번째로 함께 간 산은 대전 계룡산(846m)이었다. 대한민국에서 정기 좋기로 유명한 곳으로 전국 곳곳 수행자들이 모이는 산이다. 태조 이성계가 조선의 도읍으로 고려했고 조선 후기 민간에서 유행한 《정감록》에서 십승지 중 하나로 꼽았다. 다음 왕조의 수도로 거론되는 유력한 장소이기도 했다. 불과 몇십 년 전까지만 해도 신흥 종교 수십 단체가 계룡산에

자리를 잡고 있었다. 세종시가 계룡산 근처니, 어쩌면《정감록》의 예언이 맞았는지도 모르겠다.

계룡산의 좋은 기를 받아오면 왠지 우리 둘의 관계가 더 깊어질 것 같았다. Y와 결혼하게 해주세요, Y의 무덤 속에 부장품으로 인생을 마치게 해주세요, 이런 소원을 빌며 계룡산으로 향했다.

국립공원으로 지정된 곳이니 볼거리도 많을 게 분명했다. 동학사에서 은선폭포를 거쳐 관음봉에 올라 다시 동학사로 내려오는 길을 골랐다. 총 2시간 30분 정도 소요되는 그리 길지 않은 코스였다. 산행 시간은 짧았으나 볼 건 많았다. 나무와 어우러진 바위가 과연 이곳이 명산임을 증명했다.

명산이라는 곳을 보면 패턴이 있다. 숲으로만 울창한 산보다는 나무와 바위가 적절하게 섞이는 게 좋다. 사계절 내내 수량이 풍부한 계곡 하나 끼고 근처에 고찰이 있으면 그곳은 명산이 아니래야 아닐 수 없다. 계룡산이 그랬다.

은선폭포와 동학사가 있었다. 계곡이 깊진 않아도 은선폭포의 규모는 감탄사를 자아내기에 충분했다. 조망도 곳곳에서 터졌다. 오대산과 달리 계룡산에서는 우리가 올라온 길을 내려다볼 수 있었다. 팔부 능선쯤에서 동학사를 내려다보며 나지막히 말했다.

"사람 걸음이 느린 듯해도 참 무섭죠? 저희가 시작한 곳이 저~~~~ 멀리 있네요."

"그렇네요. 거북이가 왜 토끼를 이길 수 있었는지 알겠어요."

Y의 어법은 독특했다. 신화에서부터 전설, 최신 유행 가사며 미드, 일드 등 종잡을 수 없이 다양한 텍스트로 대화를 이어나갔다. Y는 외모도 수려하지만 내가 가장 좋아한 부분은 이런 부분이었다. Y와 이야기하면 시간 가는 줄 몰랐다. 모든 연애사가 그런 거다. 내 눈엔 여신, 다른 사람 눈엔 일반인.

정상에 서자 갑자기 구름이 몰려왔다. 아, 이번 데이트 코스도 망했구나 싶었으나 다행히 비는 내리지 않았다. 다만 오대산 때와 마찬가지로 시계는 그리 좋지 않았다. 계룡산도 돌산이라 날씨가 맑았다면 훨씬 좋은 전망을 보며 우리의 미래를 진지하게 논했을 텐데…….

▲ 설악산, 눈길을 걸으며

내가 영화관 가기를 점점 기다렸듯, 두 번의 산행을 겪으며 Y 역시 산에 조금씩 관심을 갖는 듯했다. 20대였던 우리의 걸음은 경쾌했다. 근육이 놀라지도 않았고, 숨이 가쁜 적도 없었다. 그리고 다음 산행은, 설악산이었다!

설악산(1708m) 대청봉 최단코스는 오색인데 지도로 보면 정말 재미없는 길일 듯했다. 계곡도 없고, 능선길도 아니었다. 그래서 소공원 쪽, 천불동계곡에서 올라보기로 했다. 20대 패기 넘치던 우리였다. 지도에 적힌 산행 시간은 초보자 기준이라고 생각했다. 우리는 2~3시간은 단축할 수 있을 거라 장담하며 등산화의 끈을 조였다.

때는 겨울. 눈이 내렸다. 생각하지 못한 변수였다. 출발할 때까지는 서울에선 내리지 않던 눈이었기 때문이다. 혹시나 하는 마음에 아이젠을 챙겨 문제는 없었지만 속도를 낼 수는 없었다. 눈 덮인 천불동계곡은 아름다웠다. 양폭대피소까지 도착했을 때, 이 속도로는 절대로 대청봉을 찍고 올 수 없다는 계산이 섰다. 게다가 내가 들고 간 건 지리산 때와 마찬가지로 초코파이 한 박스. 춥고 배고픈데 초코파이라니, 돌아가기로 했다. 적절한 때에 하산을 결정해서 고생은 피했지만 딱히 건진 건 없었던 산행이었다.

마침 이 시기는 졸업하고 취업하지 못한 채 보낸 두 달 정도의 백수 시기를 막 끝낸 때였다. 회사에서 업무에 적응하느라 산에 갈 생각조차 못하던 때였기에 어렵사리 시도한 설악산은, 춥고 배고픈 겨울 산행은 일부러 할 필요가 없다는 사실만 깨닫게 했다.

그 후로 반년이 흘렀다. 산에 오르고 싶다는 생각이 스멀스멀 올라오기 시작했다. 설악산 때 Y는 다행히도 자신의 화를 드러내지 않았지만 두 번째도 실패한다면 어떻게 반응할지는 모를 일이었다. 여전히 나는 Y의 부장품이 되고 싶었고(아, 쓰고 보니 어폐가 있는 것 같다) 여하튼 Y랑 세상 끝까지 가고 싶은 마음이 만나면 만날수록 더 강해졌다.

▲ 춘천 삼악산, 바위는 싫어

네 번째로 소백산을 둘이 함께 올랐다. 이미 아는 산이었기에 다행히 우리 둘 다 충분히 만족한 산행이었고 자연스레 곧 다음 산행도 이뤄졌다.

다섯 번째 삼악산은, 강촌역이라는 상징성이 컸다. 대학 때 MT를 가면 주로 가던 곳이 강촌이었다. 꼬꼬마 대학생 시절 뭣 모르고 간 적이 있다. 전역하고 나서는 아무도 MT에 불러주지 않았고 삼악산 핑계로라도 강촌역에 다시 들러보고 싶었다. 버스가 아니라 기차를 탄다는 점도 매력이었다. 둘 다 맛집에는 딱히 관심이 없었지만 산행을 마치고 먹는 춘천 닭갈비도 기대됐다.

기차를 타고 강촌역에 내려 들머리인 상원사 입구까지는 택시를 이용했다. 상원사 입구는 의암댐과 지척이다. 청명한 하늘이 호수에 반영되어 호젓한 풍경이었다. 매표소에서 입장료를 지불하고 상원사까지 걸었다. 그리고 얼마 걷지 않아 로프가 나왔다. 암벽으로 이뤄진 비탈길과 함께.

삼악산은 해발 655m로 높지 않다. 다만 '악'이라는 글자를 간과하지 말아야 할 게, 바위산이다. 그걸 몰랐다.

"어, 이런 씨바."

이때까지는 물론이고 우리 둘은 결혼하기 전까지는 서로 존댓말을 사용했다. Y는 욕 한번 한 적이 없었다. 그 정도로 강인한 멘탈의 소유자였는데 나는 3 곱하기 6의 정답을 오르막길 1시간 30분 동안 두 번 들었다.

나는 결혼한 뒤로도 Y가 욕하거나 이성을 잃어버린 상태로 말을 내뱉는 것을 딱 한 번 봤다. 그건 첫째 출산 때였다. 그때도 외친 게 "나니코레"라는 일본어로 한국말로, '이게 뭐야?'였다. 절체절명의 순간에서조차 욕을 쓰지 않던 Y였다. 그런 Y가 삼악산 바위 능선길을 오르며 씨바를 외친 거다. 인도에서 죽음과 소멸을 상징하는 신 시바가 아니다. 한국 욕 '씨발'

이다.

　다행히도 등선폭포로 향하는 하산길은 무난했고 협곡이 훌륭했다. 다 내려와서 강촌역까지는 30분을 더 걸어야 했다. 이 길이 기가 막혔다. 파란 하늘과 흰 구름, 유유히 흐르는 북한강을 보며 여유롭게 걸었다. 강촌역에 다 와서 닭갈비 집으로 들어가 점심을 해결했다. 응당 맛있었다.

　이 산행을 끝으로 Y는 나와 산에 가지 않았다. 바위 탈 때 느낀 공포 때문에 다시는 산에 가지 않겠다고 선언했다. 산에 다니며 부부 동반을 보면 참 부러웠다. 그 꿈은 저 너머로 사라져버렸다. 산에 관심 없던 연인을 산에 데려가 보고 싶다면 명심해야 한다. 사람도 다양한 만큼 산도 여러 가지이니 취향에 맞게 올라야 한다는 사실을.

　"흙길을 좋아하세요, 바위 타는 걸 좋아하세요? 높은 곳에 오르고 싶은가요? 도시가 보이는 풍경이 좋나요, 문명의 흔적이 안 보이는 곳을 보고 싶어요? 길고 완만한 게 좋아요, 짧고 빡센 게 좋아요? 겨울 산과 가을 산, 당신은 어느 쪽?"

　이런 질문을 최대한 구체적으로 던지고 산행지를 정해야 한다. 1년 조금 넘는 시간 동안 다섯 번의 산을 오르며 그 어떤 산행보다 행복했지만 정작 기억에 남는 장면은 그리 많지 않다. 오르며 산을 보기보다는 Y를 바라봤다. 새 소리, 바람 소리를 듣는 대신 Y의 목소리만 들었다. 그래서 이 시기에 오른 여러 산은 블러 처리된 배경이라 다음에 다시 오르고 싶다.

10년이 지난 지금 글을 쓰며 Y에게 물어봤다. 우리가 함께 오른 산 중 어떤 곳이 제일 괜찮았냐고.

"거기가 거기고, 저기가 저기 같고. 모르겠는데?"

그래도 산에 오르면 기분이 좋지 않았냐고 다시 물었다.

"올라갔다 내려올 건데 왜 올라가는지 모르겠는데?"

이 대답을 듣고 억울했냐고? 전혀. 나 역시 연애 시기에 본 영화나 드라마 내용이 전혀 기억나지 않기 때문이다. 내가 찾아서 본 작품도 마찬가지다. 아무리 명작이라 칭송한들 본 지 몇 달 지나면 스토리조차 기억나지 않는 건 영화나 드라마, 소설 다 똑같지 않나.

그럼에도 우리는 계속 무언가를 보고 겪고 즐긴다. 그 순간을 버티게 하는 게 중요하다. 산이든 영화든 책이든. 시간을 견디게 하는 취미 하나쯤 있다면 삶은 좀 덜 힘들 수 있다.

어느 산에 가야 잘 갔다고 소문날까요?

변화만이 영원하다고 주장한 그리스 철학자 헤라이클레토스는 이렇게 말했습니다. 같은 강물에 두 번 들어갈 수 없다고요. 무대를 강에서 산으로 옮겨보겠습니다. 이 말은, 이탈리아 출생 산악인이자 저술가인 귀도 레이가 말한 '등산은 언제나 초등'이라는 명언과 궤를 함께합니다. 굳이 목적지는 중요하지 않다는 사실을 알 수 있습니다. 동네 뒷산이라도 계절에 따라, 오르는 사람의 기분에 따라 다르게 다가옵니다. 아무리 낮고 작은 산이라도 공간이 품은 매력은 다양합니다.

산행지를 고를 때 기준에 관해서 묻는다면 모범답안은 있습니다. 블랙야크 100대 명산, 산림청 선정 100대 명산 등입니다. 실제로, 여기에 선정된 산 대부분이 산세가 수려하고 정상에서 조망이 뛰어나니 산행에서 얻을 수 있는 즐거움이 크지요. 그럼에도《사람의 산, 우리 산의 인문학》에서도 지적하듯 시대에 따라 명산 목록은 달라져왔는데요. 이른바, 명산의 역사성이죠. 이 역사성은 산 자체의 자연적인 면모보다 인간 사회의 굴곡에 더 많은 영향을 받았습니다. 왕조의 수도가 어디였는가 하는.

지금도 명산 중 상당수는 수도권을 비롯한 대도시에서의 접근성이 명산을 규정하는 한 가지 요소라는 점은 부정할 수 없습니다. 따라서 현재 지정된 100대 명산에 집착할 필요는 없겠죠.

그렇다 해도 어떤 산에 가야 동네방네 소문이 나냐 하면요. 아는 게 힘입니다. 평소에 꾸준히 탐색하셔야 합니다. 저는 예전에 평화출판사에서 나온 《한국 100명산》, 《한국 200명산》을 틈틈이 봅니다. 예전에 나온 책이라 요즘 '산림청 선정 100대 명산'이라든지 '블랙야크 100대 명산'과 비교하는 재미도 있죠. 지도도 구비해놓고 틈틈히 봅니다.

그 다음은 블로그입니다. 요즘 유튜브나 인스타로도 등산 정보를 많이 구한다고 하는데 세부적인 산행 계획 세우기에는 블로그가 편합니다. 산행기를 여러 번 검색하다 보면, 자신과 맞는 블로그를 발견하게 될 거예요. 그런 블로그를 구독해놓고 평소에 가고 싶은 산을 찜해놓습니다. 네, 제 블로그(http://blog.naver.com/lugali)도 추가해주시면 감사하겠습니다.

그리고 마운틴 TV라는 채널이 있어요. 이름과 달리 산에 관한 프로그램 편성 비율이 높지 않은 건 좀 아쉽긴 한데요. '주말여행 산이 좋다'라는 프로그램을 봅니다. 송글송글님 팬이기도 하고요. 거기에서 소개하는 산이 대개 다 명산입니다. 확실히 산은 문자보다는 영상으로 봐야 진면목을 느낄 수 있습니다(그런 면에서 이 책이 얼마나 독자 분들에게 산행 '뽐뿌'를 넣을 수 있을지 걱정이 앞서네요).

다시, 모든 산행은 '초등'이라는 말로 돌아가보겠습니다. 이 말에는 여러 가지 의미가 있을 텐데, 한국처럼 여름과 겨울 극단적인 계절을 오가는 지역에 딱 들어맞습니다. 같은 산이라도 봄 여름 가을 겨울 풍경이 다릅니다. 계절별 명산도 다르죠. 봄에는 주로 철쭉이나 진달래나 야생화 같은 꽃구경을 하러 갑니다. 여름에는 버섯이 올라오는데 버섯 보러 산에 가는 사람은 많지는 않은 듯하고 계곡 산행을 즐길 수 있습니다. 가을은 단풍이죠. 그리고 억새이기도 하고요. 겨울은 눈. 이런 식으로 주제를 정하면 거기에 맞는 산들이 있습니다. 산행지를 잘 정하면 대한민국의 사계절을 제대로 즐길 수 있습니다.

경주 남산처럼 역사 유적을 주제로 산행에 나설 수도 있습니다. 국립공원으로 지정된 대부분의 산은 역사 유적 한둘 정도는 지니고 있습니다. 사찰이나, 산성이나, 기타 등등.

오늘도, 내일도 안전 산행, 즐거운 산행하시길요!

3부

정상에서:
아플 수도 없는
중년이라 걸었다

카메라, 동호회
그리고 결혼

나의 산행 경력에 몇 가지 결정적 사건이 끼어들었다. 바로 카메라와 동호회 그리고 결혼이다.

내 첫 카메라는 수락산 에피소드에 등장했던 바로 그 니콘 쿨픽스 2100이다. 대학생 시절, 인터넷 웹진 기자를 하려고 산 카메라다. 앞 자릿수 2가 상징하는 건 화소인데 무려 200만 화소라는 당시로써는 고화소를 자랑했다. 조리개며 셔터 스피드며 노출이며 이런 기술적인 건 모른 채 핑크 색상이 예뻐서 샀다. 어떤 사진이 좋은지 모르는 상태로 되는 대로 찍다 보니, 한낮임에도 셔터 스피드를 확보하지 못해 흔들린 사진이 부지기수고 색감도 풍성하지 않았다. 고화소면 무엇하랴.

쓰는 사람이 문제인 것을. 게다가 쿨픽스 2100은 배터리를 너무 많이 먹었다.

기술은 하루가 빠르게 진화했다. 2000만 화소가 나오기 시작했다. 취업하고 나서 나는 그 당시 많은 신입사원들이 그러했듯 월급으로 DSLR을 마련했다. 두근두근 택배를 기다리는 동안의 내 마음은 연애 초기마냥 설렜다.

마침내 카메라가 도착하고 서둘러 박스를 뜯었다. 배터리를 충전한 다음 시험 삼아 사진을 찍으려고 했는데 찍히지 않았다. 설마 불량인가! 한참 혼자서 낑낑대다 판매처에 전화를 했다.

"사진이 안 찍히는데요."

"혹시, 고객님 렌즈는 어떤 건가요?"

"렌즈요?"

"네, 고객님이 사신 건 바디킷이거든요. 렌즈가 포함되지 않은 바디킷이라서 렌즈가 있어야 찍힙니다."

"아!"

그랬다. 렌즈교환식 카메라는 렌즈와 바디로 이뤄져 있는데 내가 구매한 상품이 바디만으로 이뤄진 구성이었다. 어쩐지 싸더라! 렌즈를 살 차례였다. 바디보다 렌즈 종류는 더 다양했다. 돈도 문제였다. 크롭 바디 18~55mm 번들 렌즈를 빼고는 싼 렌즈는 거의 없었다. 어떤 렌즈를 사야 할지 전혀 감이 서지 않았다.

'아, 이래서 주변 선배들이 다 카메라를 사고는 사진에 취미를 붙이지 못했던 거구나.'

사진을 제대로 찍기 위해서는 알아야 할 것도, 돈도 많아야 했다. DSLR은 새로운 세상이었다. 배경을 흐리게 하는 아웃포커스만으로도 이전에 찍은 사진과 확연히 다른 사진을 건질 수 있었다. 그럼에도 산에서 찍은 사진은 여전히 눈으로 본 감동이 재현되지 않았다.

당시에 구독하는 블로거 중에서 대한민국 산만 전문적으로 찍는 블로거로, 직접 눈으로 본 풍경보다 더 압도적인 장면을 뽑아내는 포토그래퍼가 있었다. 그 블로거로부터 산에 가고 싶은 자극을 많이 받았다. 그 사람처럼 찍고 싶었고, 사진도 올려서 '사진 좀 찍는다'라는 이야기를 듣고 싶어졌다.

시간이 지나면서 일부 사진 작가들은 단일 화각만 고집하기도 하지만 대부분의 사진 작가는 렌즈를 다양하게 쓴다는 사실을 알았다. 번들만으로는 부족했다. 광각렌즈와 망원렌즈가 필요했다. 갑자기 회사 생활이 즐거워졌다. 월급을 기다렸고 그 월급은 족족 렌즈를 사는 데 쓰였다.

▲ 알면 좋아하게 되고, 즐기게 되고

사진에 관심을 두면서 산에서 더 많은 게 보였다. 이전에는 정상에서 바라본 조망만 담았다면 카메라의 기능을 하나, 둘 알아가며 야생화, 버섯, 계곡, 일출과 일몰, 다람쥐, 새 등 산에서 마주할 수 있는 모든 것에 관심을 두기 시작했다. 인문학 책에서 벗어나 동물, 야생화, 버섯 도감을 샀다. 일단 호기심 가는 대로 찍고 내려와서 도감을 보고 내가 무엇을 찍었는지 확인했다. 금낭화, 현호색, 구절초 등 산에서 흔히 볼 수 있는 야생화나 노란망태버섯, 영지버섯 등을 알아갔다.

노란망태버섯을 봤을 때의 충격이 잊히지 않는다. 처음에는 버섯에 누군가 노란 수세미로 자신의 소유물이라는 걸 표시해 놓은 줄 알았다. 포자였다. 집에 돌아와 버섯 도감을 펼치고서는 노란망태버섯이 외국에서는 '드레스 버섯'이라 불리고 버섯 중에서도 가장 화려하다는 사실을 배웠다. 실제로는 작정하고 찾아나서지 않으면 쉽게 찍을 수 있는 버섯이 아니었다. 드레스를 입는 시간이 2~3시간밖에 이어지지 않기 때문이다. 그 뒤로 수년 동안 노란망태버섯을 제대로 만난 적이 없어 드레스를 입은 고운 자태를 그때 사진으로 담아놓지 않은 아쉬움이 크다.

카메라를 사고 이런저런 렌즈를 모아가던 시기에 지인을 통해 알게 된 등산 동호회에 가입했다. 그때 나는 20대였고 회원들도 주로 20대로 구성된 모임이었다. 대중교통으로 갈 수 있는 근교 산 위주로 산행을 했다. 산행과 함께 그 모임에서 중요한 건 뒤풀이였다. 맛집을 찾아다녔다.

맛진 탐방은 내가 태어나서 한 번도 시도해보지 않던 취미였다. 동호회 사람들과 다니면서 깨달은 건 맛에 관한 감각은 후천적이라는 사실이다. 즉 많이 먹을수록 는다! 그간 내게 부족했던 미감을 동호회 사람들과 함께하며 기를 수 있었다. 충남 홍성 오서산 억새 산행을 마치고 찾은 닭도리탕 맛집 '호도나무집', 태백산 설산 산행을 끝내고 간 '엄마손태백물닭갈비', 북한산 '행복들깨칼국수'가 특히 기억에 남는다.

동호회 사람들과 함께 다닌 산은 북한산, 도봉산, 수락산 등 주로 서울 근교 산이었다. 가끔은 교외로 벗어나기도 했다. 철쭉 명소 축령산이라든지 강화도 마니산, 가평 명지산에도 올랐다. 대개 주말이면 인파로 끊이지 않는 인기 많은 곳이고 실제로 볼 것도 많다.

산은 홀로 올라도 좋지만 여럿이 함께 올라도 좋았다. 새로운 사람을 만나고, 마음 맞는 사람을 발견할 수 있었다. 그들과는 1박 2일 MT도 가고, 송년회에는 산이 아닌 도시에서 만나 먹고사니즘과 산행에 관해 이야기를 주고받기도 했다. 외모, 계급, 성별, 연령이 모두 다르지만 등산복을 입고 땀에 흠뻑 젖은 채로 정상에 서면 저마다의 개성은 잠시 사라지고 우리는 '하나'라는 동질감이 느껴졌다. 고독한 개인의 미덕을 예찬한 프리드리히 니체조차 이런 글을 쓴 적이 있다.

평등으로의 길 ─ 몇 시간 동안의 등산은 악한 사람도 성인도 상당히 비슷한 두 존재로 만들어버린다. 피로함은 평등과 우애로 나아가는 지름길이다. ─ 그리고 마지막에는 수면을 통해 자유가 추가로 주어진다

_P. 380《인간적인 너무나 인간적인 2》(김미기 옮김, 책세상, 2002)

▲ 허니문, 한라산 영실에서 컵라면

사진과 산에서 만날 새로운 사람들을 향한 호기심이 점점 커지던 중 인생에서 가장 중요한 결혼이라는 이벤트에 맞닥뜨리게 됐다. 거짓말 좀 많이 보태서 나는 지금 배우자를 만나는 순간 첫눈에 반했다. '이 사람이 아니면 결혼하지 않겠어'라는 결심으로 살아왔다. 내가 비혼주의자가 아니라면 Y와 결혼하는 게 순리였다.

'결혼'이라는 과정에서 중요한 두 가지는 결혼식이 열리는 시·공간 정하기와 신혼집이었다. 이 두 가지에 많은 에너지를 쏟고 나니 어떤 가전 제품과 가구를 들일지와 신혼여행지를 고르는 건 나나 배우자나 귀찮았다.

 배우자는 당시 해외 영업 부서에서 일하고 있었고 외국에 자주 나갔다. 나로 말하자면, 외국을 향한 호기심이 하나도 없다. 아니, 헨리 데이비드 소로도 밖에 나가지 않고도 그렇게 명문을 쓰지 않았던가! 한국에서 번 돈은 한국에서 써야 한다는 강한 민족주의적 성향의 소유자라고 말하지만 실은 언어가 통하지 않는 사회를 향한 두려움이 한몫하고, 여행이란 낯선 곳에서 동일함을 발견하는 행위인데 그 동일함이란 삶의 팍팍함이라서 군이 시간과 돈을 들여 밖에 나가야 하나, 라는 생각으로 외국 여행은 선택지에도 없었다.

 나와 다른 이유 ― 군이 남편과 외국에 갈 필요가 있나, 가좀 더 정확한 이유였지 싶다 ― 에서긴 했지만 배우자 역시 군이 신혼여행을 가야 하나, 간다면 꼭 외국에 가야 하느냐는 생각이었다. 우리는 신혼여행 다녀올 시간에 차라리 신혼집이나 꾸밀까, 하는 대화도 나눴지만 양가 어르신들의 강력한 요구에 할 수 없이 제주로 신혼여행을 떠나기로 했다. 지리산 종주도 생각해봤으나 신혼여행을 씻을 수 없는 지리산에서 보내야 하는 걸 생각하니 아닌 건 아닌 거였다.

제주란 어떤 곳인가. 한라산과 크고 작은 오름이 있는 공간이다. 산을 생각하는 순간, 신혼여행이 기대되기 시작했다. 유홍준 선생의 《나의 문화유산답사기 7》이 제주 편이다. 신혼여행을 앞두고 이 책을 읽어나갔다. 저자는 한라산 영실 코스를 제주에서 최고로 꼽았다. 아, 그렇다면 당연히 가야지요!

결혼을 앞두고 한 달 전, 배우자가 목발을 짚고 나타났다.

"아니 왜…… 어쩌다……."

나는 금방이라도 오열할 것 같은 표정으로 배우자를 쳐다봤다. 배우자는 내 몸을 이토록 걱정하는 사람이라니, 이토록 나를 사랑했다니, 살짝 감동한 눈치였다.

"계단에서 넘어졌는데 뼈에 금이 갔지 뭐야."

Y의 답이었다. 이때 내 심정에 관한 사실을 말하자면 98%는 그 마음이 맞았는데 나머지 2%는 한라산 영실행이 무산될 위기에 처했다는 데서 오는 좌절감이었다. 다행히도 배우자의 다리 상태는 빠르게 호전됐다. 깁스도 풀고 목발 없이 결혼식에 입장했다. 정신없는 결혼식을 뒤로하고 우리는 잽싸게 김해 공항으로 갔다.

"저기, 아직 다리가 안 나았으면 영실은 나 혼자 다녀올게."

(눈치 빠른 독자라면 알아챘겠으나, 결혼 전후로 우리는 서로 말을 놓기 시작했다. 연애 초반만 해도 서로 존중하자는 차원에서 높이고 결혼한 뒤에도 변치 말자 했는데, 자연스레 서로 말을 놓게 됐다. 경어는 말이 길어져서 비경제적이었다.)

조심스레 말을 꺼내면서도 나는 '우리가 언제 제주에 또 오겠나, 《나의 문화유산답사기 7》에서 유홍준 선생이 영실을 교향곡으로 비유했다, 어느 계절에 가도 최소 4번의 감탄사가 절로 나오는 압도적인 풍경이다'라고 성심성의껏 설득했다. 무엇보다 왕복 2시간만 걸으면 된다는 소리에 Y도 마음이 움직이는 눈치였다.

"3세 영아도 충분히 걸을 수 있는 압도적인 가성비를 자랑하는 산책로라고!"

"그래? 그렇다면 나도 갈래. 언제 또 오겠어."

배우자를 설득하기 위해 왕복 2시간이라 했지만 실은 편도 2시간이었다. 평일이라 영실휴게소에도 주차 자리가 있었다. 우리의 산행은 그곳에서부터 시작했다.

유홍준 선생의 말처럼 과연 영실은 4악장으로 구성된 교향곡이었다. 1악장은 계곡길. 가문 4월, 초봄이라 계곡을 흐르는 물은 적었다. 짧은 계곡길을 지나니 펼쳐진 2악장은 오백장군

봉이었다. 오백나한봉이라고도 하는데 '나한'이라는 이름에
서 보듯 불교 영향도 있고 제주 설화인 설문대할망 전설도 깃
든 곳이다. 조선 시대 유학자들은 한라산을 오를 때 의도적으
로 설문대할망 전설을 무시했다고 한다.

메마른 4월 오백장군봉의 모습은 몹시 거칠었지만 길은 편
안했다. 영실은 진달래 명소라고 했다. 진달래 핀 풍경을 기대
했으나 아직 이른 듯 연분홍은 전혀 볼 수 없었다.

뒤돌아보니 완만한 곡선으로 이뤄진 제주의 모습이 한눈에
들어왔다. 옅은 안개로 바다까지 보이기엔 무리였지만 수많
은 오름이 솟은 모습은 장관이었다. 밑에서 우러러봤던 오백
장군봉과 높이를 나란히 하자 3악장이 펼쳐졌다. 구상나무 숲
길이었다. 2악장의 황갈색에서 3악장은 녹색으로 색조를 달
리했다.

우리 뇌는 지루함을 견디지 못하고 늘 새로운 자극을 찾는
다는데 그런 면에서 한라산 영실 코스는 뇌가 기뻐 춤출 만한
길이었다. 우리는 '지구 온난화로 구상나무가 점점 고지대로
이동한다는데 3악장이 사라지지 않도록 인류 문명이 저탄소
로 전환해야 할 텐데'라는 대화를 주고받으며 나아갔다.

마지막 4악장은 윗세오름으로 이어지는 평탄한 길이었다.
초원 위로 불쑥 솟은 거대한 암벽은 사계절 내내 다른 매력을

내뿜을 절경이었다. 광각렌즈로 찍고 또 찍었다.

우리는 윗세오름대피소(1700m)에서 컵라면을 먹었다. 이때 먹은 컵라면은, 충남 홍성 닭도리탕 맛집 호도나무집이나 태백 엄마손태백물닭갈비나 북한산 행복들깨칼국수 사장님들에게는 죄송한 말씀이지만 이들 식당의 별미보다도 더 꿀맛이었다. 지금은 휴게소를 운영했던 한라산국립공원후생회가 2018년 해체되면서 컵라면을 먹을 수 없다. 산은 늘 거기 있지만 컵라면은 없어졌다.

카르페디엠은 등산에도 적용되는 말이다. 윗세오름대피소를 가끔 떠올리면 이제 다시는 먹을 수 없는 사발면이 떠오른다. 뭐, 아예 못 먹는 건 아닐 테다. 컵라면을 준비해 보온병과 함께 들고 가면 되니까.

영실에서 눈과 입이 호강한 뒤로 나는 다시 잠시 산과 멀어져야만 했다. 아이가 태어나며 육아에 집중해야 했다.

모든 사람이
일출 맛집에서
신년 해돋이를
볼 수는 없습니다

12월 31일, 한 해의 마지막 날. 내일이면 해가 바뀐다. 이맘 때면 중학교 때 읽었던 토마스 만의 소설 《마의 산》이 떠오른다. 알프스 높은 고도에 위치한 요양원을 배경으로 펼쳐지는 이 소설은 다양한 등장 인물이 현학적인 대화를 나누는 게 특징이다.

이야기에는 계몽주의 휴머니스트인 세템브리니와 예수회 사제이자 과격한 혁명주의자인 나프트 등이 등장한다. 이들의 입을 빌려 근대에 충돌한 다양한 세계관을 등장시킨다. 19세기 후반과 20세기 초반을 관통하는 유럽 정신 문명의 총체라는 평을 들었다. 중학생 시절 내가 읽기에 이 소설은 너무도 재미없었으며 어려웠다. 두 눈은 끊임없이 검은 활자를 미끄러지기만 할 뿐 제대로 이해하지 못한 채 꾸역꾸역 간신히 마지막 페이지까지 넘기긴 했다. 그럼에도 살면서 주구장창 써먹은 구절을 이 책에서 건졌으니 충분히 의미 있는 독서였다.

> 시간에는 사실 눈금이 없고, 새로운 달이나 해가 시작될 때 천둥이 치는 것도 아니고 나팔 소리가 울리는 것도 아니다. 그리고 새로운 세기가 시작될 때 예포를 쏘거나 종을 치는 것도 인간뿐이다.
>
> _ P. 434《마의 산 1》(홍성광 옮김, 을유문화사, 2008)

한마디로 기념일 따위 챙기지 말자는 거다. 그래서였는지 각종 기념일에 크게 의미를 두지 않았다. 너, 왜 내 생일 파티 안 왔어, 하는 질문에 나는《마의 산》의 저 구절을 인용했다. 시공간을 나누는 건, 인간의 자의적인 편집일 뿐 본질적으로 무의미하다는 생각이었지만 아마도 여자친구가 없었던 이유가 컸던 듯하다. 요즘은 가족이라든지 지인 생일을 그럭저럭 챙기는 편이다. 그리고 신년 해돋이도.

▲ 답답할 때, 그래도 산

종교학자 마르치아 엘리아데에 따르면 고대인에게 태초의 시간은 성스럽다. 신년의례는 성스러움을 재현하고 성스러운 순간으로 돌아가기 위해 행해진다.

이러한 시간관은 역사가 진보한다는 현대인의 시간관과는 대비된다. 현대인은 오늘보다 내일이 좋아야 하고 경제는 성장해야 하며 인류 문명은 진보할 거라고 믿는다. 그런데 이러한 시간관이야말로 근대 이후에 자리잡은 예외적인 시간관이다.

고대 인도에서도 인류는 황금 시대인 크리타유가에서부터 밀세인 칼리유가로 몰락한다고 이해했으며 동아시아에서도 요순 시대를 그리워하거나 지성과 교양의 권위를 공자나 맹자와 같은 고대 성인에서 찾았다.

거의 모든 문화에는 창조 신화가 있고 신년의례가 중요하다. 역법에 따라 다르긴 해도 대개의 경우 1월 1일은 태양이 강해지는 시기가 기점인 경우가 많다. 아폴론과 예수 탄신일을 합친 날인 크리스마스가 1월 1일과 가까운 것도 이러한 사실과 무관하지 않다.

현대인도 고대인의 사고방식에서 많이 멀어지진 않았다. 1월 1일이 되면 정동진이며 호미곶과 같은 일출 명소가 수많은 인파로 붐비는 게 그 증거다. 저마다 올해 소원과 다짐을 품고 추운 겨울 새벽에 해를 기다린다.

나 역시 그랬다. 해 뜨는 동해까지 갈 여유가 없었지만 집 근처에서라도 1월 1일 뜨는 해를 보며 빌고 싶은 소원이 있었다. 바로, 주거 안정. 우리 부부는 많은 신혼 부부가 그러했듯 전셋집부터 알아봤다. 전세는 고도성장과 고금리와 급격한 도시화 등 여러 맥락이 겹치면서 생겨난 한국만의 특수한 현상이라고 했다. 그러한 맥락이 점점 옅어지면서 전세는 사라질 거라는 예상이 꾸준히 나오던 시기였다. 당연히 전세 구하기가 별 따기였다.

결혼식은 점점 다가오고 우리는 초조해지기만 했다. 다행히도 두 달 넘게 여러 부동산과 연락을 주고받으며 결혼식을 앞두고 가까스로 계약할 수 있었다. 시세보다 저렴했다. 집주인도 합리적이었다. 전셋값이 2년만에 1억이 뛰었지만 그보다 적게 올린 금액으로 재계약을 했다. 그러나 둘째가 태어나며 좀 더 넓은 집으로 옮겨야 했다.

문제는 돈이었다. 돈은 없다가도 있고 있다가도 없지만 건강은 한 번 잃으면 절대 되찾을 수 없다는 말이 있다. 지금까지 살아보기론 반대인 것 같다. 의술이 발달해서 건강은 찾을 수 있게 된 반면, 돈은 없던 사람에게는 찾아오지 않았다. 대부분의 사람들에게 늘 부족한 건 돈이었다. 학생 때도 없었고, 취업해서도 없고, 결혼하고 나서도 부족했다. 주변 집값을 탐색하다 지쳐가던 찰나였다.

산에 올라 해를 보고 소원을 빈다고 해서 로또 1등에 걸린다는 생각은 아니었다(로또를 살 정도로 부지런하지도 않으니!). 그냥 산에 올라 해를 보고 싶었다. 정상에서 주위를 보면 막힌 가슴이 뻥 뚫릴 것 같았다. 아주 잠시라도 말이다.

지도를 펼쳤다. 집 근처 산 중에서 해돋이 보기가 괜찮을 만한 곳이 몇 군데 보였다. 해는 동쪽에서 뜬다. 지도상으로 산 오른쪽에 어떤 풍경이 펼쳐져 있는지가 중요하다. 물과 해 모두 생명을 상징하는 바, 이 둘이 어우러지면 더더욱 성스러운 모습을 연출할 수 있다. 지도상으로 산 오른쪽에 물이 있어야 거창한 일출을 볼 수 있다.

검단산 동쪽으로 북한강과 남한강이 합쳐지는 팔당호가 자리 잡고 있었다. 사람들이 왜 동해로 가겠는가. 좀 더 빨리 해를 볼 수 있다는 의미도 있지만 바다 위로 뜨는 해의 모습이 신성해서다. 팔당호 위로 올라오는 모습이 동해에 비할 바는 아니겠으나 다른 매력이 있을 듯했다.

검단산 일출을 검색했더니 역시 '일출 맛집'이었다. 팔당호와 용문산을 배경으로 해가 뜨는 모습을 아름답게 담은 사진을 보고 결심했다. 신년 일출을 보러 검단산(657m)으로 가자고. 예전 지리산 일출 산행도 동행해준 어머니에게 연락했다.

"그 만날 뜨는 해는 왜 보러 가노. 지리산 일출도 별로 볼 거 없더만."

그러면서도 어머니는 이렇게 덧붙이셨다.

"그래서 몇 시에 출발하게?"

우리말은 끝까지 들어봐야 안다.

▲ 검단산 신년 일출, 공급 부족 수요 우위

서울 근교에서 신년 일출은 7시 40분 이후에 뜬다. 지형지물이 많으니 해가 완전히 올라오려면 8시 정도에 정상에 있으면 될 것 같았다.

오전 5시 30분에 출발해서 6시 10분에 한국애니메이션고등학교 근처에 있는 주차장에 차를 대고 산행에 나설 차비를 했다. 오랜만에 산행에 나서서 감을 잃으신 건지 어머니는 손전등을 챙겨오지 않으셨다. 그럼에도 길을 찾는 데 전혀 문제가 없었다. 이미 수많은 사람들이 빛을 밝히며 줄 서서 산에 올라가고 있었다. 일출 못지않게 이 모습 또한 장관이었다.

넓고 완만한 등산로였다. 정상 직전에 깔딱 구간이 잠시 있었지만 크게 어려운 구간은 없었다. 다만 쌓인 눈이 얼어 길이 미끄러웠다. 아이젠을 챙기지 않아 어머니와 나는 조심조심 발걸음을 옮겼다. 1시간 30분 정도 오르니 정상이었다. 아니, 정상이 보였다. 그러나 우리는 정상에 갈 수 없었다. 이미 정상에는 우리보다 일찍 올라온 사람들로 발 디딜 틈이 전혀 없었기 때문이다. 출근 시간 9호선 급행 열차에 몸을 밀어 넣을 수 있을 정도의 절박함과 완력이 받쳐줘야 하는 상황이었다. 정상에 서는 건 포기했다.

이 무렵 나는 집을 사야 하나 말아야 하나 고민하면서 부동산 전문가인 선배에게 용기 내어 오랜만에 전화를 걸었다.

"형, 집값 떨어질 수도 있다는데 사도 돼요?"

그 형은 피식 웃으며 이렇게 말했다.

"서울은 늘 공급 부족이야."

마치 검단산 정상도 내게 이렇게 말하는 듯했다.

"일출 맛집은 신년에 늘 수요 우위야. 너무 늦게 왔네."

어머니와 나는 일출을 보지 못해 아쉽긴 했지만 오랜만에 운동한 걸로 만족하자며 내려가기로 했다. 일출을 포기하고 서둘러 내려왔는데도 하산길은 정체였다. 우리처럼 아이젠을 준비하지 않은 사람도 많았다. 결빙 구간에서 좀처럼 속도가 나지 않았다.

해는 안개 뒤로 숨었지만 날은 밝아서 알록달록한 등산복들의 행렬을 볼 수 있었다. 올라갈 때는 빛들의 행렬, 내려갈 때는 색채의 향연. 장관이었다. 수도권에는 이렇게도 사람이 많이 사는구나, 신년에 해를 보려는 산꾼이 많구나, 를 느끼며 조심조심 내려갔다.

가끔 조망이 터지는 구간이 있었다. 산이 있었고, 평지가 있었다. 평지에는 고층빌딩이나 아파트가 올라가 있었다. 좀처럼 택지가 될 만한 곳은 보이지 않았다. 서울 근교 산을 오르다 보면 비슷한 풍경을 보면서 느끼게 된다. 서울은 공급 부족이라는 걸. 집값은 오르고 밥값도 오른다(월급도 오르긴 오르는데 그보다는 적게 오른다). 양질의 일자리는 해가 갈수록 부족해진다. 산에 올라 일출을 보며 소원을 비는 행위는 고대인이나 현대인이나 별반 차이가 없다. 신년이면 일출 명소는 늘 붐빈다. 고생할 걸 아는지라 최근에는 신년 일출을 보려고 산에 오른 적은 없다. 하지만 나는 안다. 답답할 때 또 다시 일출을 보러 산에 오르고 있을 것이란 사실을. 1월 1일이 아니라, 다른 날에.

혼자 오르다 보니, 가족이 보고 싶더라

대학생 때 주택가에 위치한 다세대 빌라에서 자취했다. 원래는 한 세대가 살기에 적합한 공간에 세를 놓기 위해 반으로 쪼갠 다소 기괴한 형태의 집이었다. 그 때문인지 몰라도 방음이 거의 이뤄지지 않았다.

옆집 세입자는 신혼 부부였고, 곧 아기가 태어났다. 아기는 시도 때도 없이 울었다. 하루는 참지 못하고 포스트잇에 '조용히 자고 싶습니다'라고 써서 그 집 문에 붙였다. 학교에서 돌아오니 '죄송합니다'라는 포스트잇이 붙어 있었다.

취업해서 들어간 회사. 한 달에 한 번은 팀 회식을 했다. 맛집을 찾는 즐거움은 물론, 선배들과 이야기하는 순간도 좋았다. 술을 꽤 즐기는 편이라 회식 때를 은근히 기다렸다. 그런데 나와 달리 회식에 늘 빠지는 사람이 있었다. 아기를 봐야 해 참석하기 어렵다고. 이해하지 못했다. 아니, 일주일에 한 번도 아니고 한 달에 한 번인데 꼭 빠져야 하나.

나는 반성한다. 신생아 울음을 성인이 제어할 수 있다고 생각한 과거의 나를. 회식 때 대신 아이를 돌봐줄 것도 아니면서 회식 빠진다고 속으로 동료를 욕한 나를. 뭣보다 어머니 아버지 말 안 듣고 제멋대로 자란 과거의 나를 반성한다. 음식 골고루 먹으라고 했는데 안 먹고, 일찍 자고 일찍 일어나라 했는데 늦게 자고 늦게 일어나고, 늘 주변 정돈 깨끗이 하라고 했는데 전혀 하지 않고, 누나와 사이 좋게 지내라고 했는데 늘상 싸우고, 돈 되는 공부하라고 했는데 돈보다 더 심오한 뭔가 있을 거예요, 하면서 딴 걸 공부한 나를(아, 마지막은 취소. 나름대로 인문학도 쓸모가 있었답니다).

이 책을 꼭 내 아이들도 봤으면 싶다. 말 좀 듣자. 밥 잘 먹고, 잘 때 자고, 유튜브 보지 말고 책 좀 읽어……. 너희 아버지 서점에서 일해…….

▲ 동호회에서 '나가기'를 터치하던 순간

우리 부부 사이에도 아기가 태어났다. 태명은 '땡보'라 지었다. 세상에 이기기 힘든 사람은 부지런한 사람도, 똑똑한 사람도 아니다. 운 좋은 사람이다. 그런 의미를 담은 태명이다.

예정일 가까운 주말에 병원을 찾았다. 담당 의사 선생님은 아직 아이가 나오려면 시간이 더 필요하겠고, 다음 주에 다시 방문해달라고 말했다. 다소 실망한 우리는 하늘공원으로 갔다. 290개 계단을 오르내렸다. 집에 돌아오니 진통이 시작됐고 첫째가 나왔다. 역시, 생명은 산에서 시작되는군요!

그 전까지 나는 아기를 그다지 좋아하지 않았다. 아이랑 잘 놀지도 못했고, 귀엽다고 생각한 적도 없었다. 그러나 내 아이는 달랐다. 귀엽고 예쁘고 소중했다. 물론 집안에 가족이 한 명 더 생긴 게 무조건적으로 즐겁고 행복하지만은 않았다.

톨스토이의 소설《안나 카레니나》에는 '행복한 가정은 비슷하지만 불행한 가정은 모두 저마다의 이유로 불행하다'라고 쓰는데 육아를 하다 보니 그 역이 진실인 듯했다. 돈이든 성취든 가족애든 저마다 다른 부분에서 행복을 느끼는 게 행복한 가정이고, 준비 없이 육아에 뛰어든 부부는 불행했다.

현대 결혼에 관한 인류학적·사회학적 접근인《부모로 산다는 것》(제니퍼 시니어 지음, 이경식 옮김, 알에치코리아, 2014)에서도 지적하듯 아이를 키우는 부모의 행복도는 그렇지 않은 사람에 비해 낮다. 특히 미국처럼 복지혜택이 적은 나라는 그 격차가 크게 나타난다. 책에서는 육아란 원래 쉽지 않았지만 유독 현대사회에서 더 힘들어진 원인을 분석한다.

과거에는 아이가 노동 자원이었는데 현대사회에서는 보호해야 할 대상으로 바뀌었다. 공적 영역과 사적 영역이 분리된 가부장제가 작동했던 외벌이 전기자본주의에서 맞벌이가 권장되는 후기자본주의로 이행하면서 여성에게 육아 부담이 가중된다. 가사 분담을 놓고 벌어지는 부부 간 갈등도 육아 문제를 더 힘들게 했다. 예전에는 아이를 키우기 위해서는 마을 하나가 필요하다고 했지만, 요즘은 오로지 부부만이 전적으로 자신의 아이를 책임져야 한다.

이러한 현대사회의 흐름에서 우리 부부도 크게 벗어나 있지 않았다. 맞벌이였고 급할 때 아이를 맡길 만한 곳은 양가 어르신 외에는 없었다. 학교에서 사회학, 심리학, 경제학을 배웠어도 육아에 관한 지식과 경험은 전무했다. 사고력과 언어 표현력이 성숙하지 않은 아이와 밀당을 끊임없이 하다 보니 나의 감정 조절 능력과 사고력 그리고 표현력이 아기의 그것으로 수렴했다.

수시로 깨는 신생아와 지내면서 늘 잠이 부족했다. 수면 부족은 예민함으로 이어졌다. 원래 협소했던 인간관계는 더 좁아졌다. 저녁 약속이나 주말 일정은 생각할 수 없었다. 등산도 당분간은 포기해야 했다.

나는 당시 5년 동안 나갔던 등산 동호회 단체 대화방에서 아무런 인사 없이 나와버렸다. 다시는 산에 갈 수 없을 듯해서였다. 대화방의 나머지 사람들은 못 느꼈겠지만 '나가기'를 터치하는 순간의 심정은 정말 참담했다.

이렇게만 쓰면 혹시 훗날의 땡보와 꿀(둘째 태명)이가 읽으면서 '뭐야 우리 아빠 정말 형편 없네' 할지도 몰라 덧붙이자면 '나는 너희들을 사랑하고 너희들이 자랑스럽단다. 너희도 꼭 부모가 되어보렴'이라고 답하겠다.

아이는 정말 우리의 삶을 보다 단순하고 명쾌하게 했다. 불안과 우울이라는 감정이 스멀스멀 등 뒤로 올라오려치면 나는 아이들을 생각했다. 부모가 된다는 건 또 다른 도전이고 배움이었다. 아이들과 함께 지내며 서로 사랑하고 기쁨을 느끼는 방법을 새로이 알아갔다. 서로에게 '선물'이 바로 자식과 부모 간 관계다. 자식은 덫이고 돛이고 닻이다.

2년 뒤 둘째 꿀이가 태어났다. 역시 실력보단 운으로 승부

하라는 의미를 담아 태명을 꿀로 지었다('저 인간, 꿀 빤다' 할 때 그 꿀). 두 살 터울의 두 아이를 키운다는 건 6년 동안 손에서 똥냄새가 빠질 틈이 없다는 의미이기도 하다. 퇴근하고 똥 기저귀를 갈고 밥 먹이고 재우면 하루가 끝났다. 주말에는 키즈 카페며 식물원 같은 곳을 돌아다녔다.

우리 부부는 '스타필드'와 같은 대형 쇼핑몰에도 자주 갔는데 그곳은 다른 연인들의 데이트 코스이기도 했다. 팔짱 끼고 걸어가는 두 사람의 사이가 좋아 보였다. 배우자는 혼잣말로 이렇게 나지막하게 읊조렸다.

"좋을 때네. 그래봤자 종착지는 똥기저귀지."

명언이다. 성인은 똥을 누지만 아기는 똥을 싼다. 싼 똥은 누군가 치워야 한다. 이것이 삶이다.

산 이야기로 다시 돌아가야겠다. 하나가 아니라 둘은 함께 놀 테니 초반에 바짝 고생하면 애들이 점점 크면서 부부만의 시간도 가질 수 있고 여유가 생기리라, 는 건 적어도 둘째가 다섯 살인 지금도 이뤄지지 않았다.

어쩌다 한 번 회식임에도 빠져야 하는 회사 선배의 사정이 전혀 이해가 안 갔듯 독자들도 이렇게 생각할 수 있겠다. 아니 산에 한 달에 한 번 정도는 갈 수 있는 거 아닌가?

실제로 아이를 키우는 동안 산에 아예 못 간 건 아니다. 가끔은 갔다. 그럼에도 산행 횟수가 비약적으로 줄었다는 게 팩트다. 못해도 한 달에 한 번은 가던 산을 아이가 태어나고부터는 분기에 한 번 정도로 줄였다. 이럴 수밖에 없는 건 등산이라는 운동 혹은 취미의 본질 탓이다. 내 취미가 헬스라면, 스윙 댄스라면, 테니스라면 좀 더 나았으리라. 평일 저녁에 할 수 있고 주말이라도 한두 시간 정도 내면 되니까.

그런데 산행은 거의 하루 종일 걸린다. 서울 근교 산이라 해도 왕복 이동 시간 2시간에 산행 시간까지 포함하면 최소 4시간. 거기다 식사라도 한다면 여섯 시간. 내가 산에 간다는 건 배우자가 하루 종일 독박육아, 그것도 두 아이를 봐야 한다는 의미였다. 동호회 단체 채팅방 눈팅을 하며 부러워하고 결국은 나갈 수밖에 없었던 건 이런 이유에서다.

다행스럽게도 아이들은 무럭무럭 성장했다. 통잠을 자고, 두 발로 서고, 말을 하고, 대소변을 가리는 등 저마다 자신들의 과업을 성취해나갔다. 특히 밤에 깨지 않고 잠을 오래 자게 된 이후로 내게 새벽 산행이라는 가능성이 열렸다. 새벽 일찍 출발하면 10시나 11시 정도부터는 육아에 참여할 수 있었으니!

▲ 홍천 가리산, 새벽 산행의 시작

홍천 가리산에 오르기로 했다. 가리산이라는 존재는 다시 가입한 동호회 채팅방에서 알았다. 해발 1051m로, 강원도 내륙 최고의 조망 ― 이라 불리는 산은 실은 여럿 있다 ― 이라고 했다. 공지 글에 올라온 사진이 굉장히 멋있었다. 동호회에 올라온 산행 공지는 아침 7시에 출발해 서울에는 5시에 떨어지는 일정이었다. 아이 둔 아버지가 소화하기 버거웠다. 나 홀로 새벽에 가기로 했다. 홀로 산행도 새벽 산행도 몹시 오랜만이었다. 이날 산행 기록은 아래와 같았다.

오전 5시 출발 / 6시 50분 등산 시작 / 10시 20분 등산 끝 / 11시 50분 집 도착

가리산 자연휴양림에서 시작해 무쇠말재를 거쳐 정상을 찍고 가삽고개를 거쳐 다시 자연휴양림으로 돌아왔다. 6km 정도 거리에 3시간 30분 정도를 걸었다. 2월 어느 날이다 보니 산 아래는 빙판길과 흙길이 번갈아 나왔다. 아이젠을 꼈다 벗었다 반복하며 오르니 등 뒤로부터 황금빛이 올라오기 시작했다. 일출이었다. 겨울인 덕에 해가 늦게 올라와서 기대도 안한 일출까지 카메라에 담았다.

조금 오르다 보니, '가리산 연리목'이라는 표지판이 눈에 띄었다. 표지판 오른쪽에는 과연 연리목이 보였는데, 특이하게도 활엽수와 침엽수가 꼬이고 엉킨 모습이었다. 표지판 설명에 따르면 어떤 연인이 이 나무에 두 사람의 사랑을 빌어 결혼에 성공했단다. 하여, 허락되지 않은 사랑을 하는 연인이 찾는 성지라고 했다. 영화관, 맛집을 버리고 설마 데이트하러 여기까지 온다고? 하면서도 '우리 부부 인연 이대로, 내 사랑 영원히'를 속으로 되뇌고 위로 향했다.

　올라갈수록 눈이 많이 쌓여 있었다. 뽀드득 뽀드득 눈 밟는 소리는 언제 들어도 기분이 좋아진다. 가리산은 바위로 이뤄진 정상 쪽 말고는 평탄한 흙길이라 오랜만에 올랐지만 몸이 힘들지는 않았다.

　바위로 이뤄진 정상에 가기 위해서는 앞 두 팔을 사용하는 사족보행 구간을 지나야 했다. 무의식적으로 비속어를 남발하면서 카메라와 스틱을 배낭에 넣고 네발로 기어갔다. 정상에 서니 과연 강원도 최고 조망터라는 명성이 아깝지 않았다. 사방팔방 막힌 곳 없이 멀리까지 보였다. 방태산과 설악산까지 희미하게 보였다. 그리고 또 하나의 매력은, 큰바위얼굴이었다. 입 벌린 사람의 얼굴 모양이라 그리 주의하지 않아도 알아볼 수 있을 만큼 바위의 모습은 인간과 닮아 있었다.

하산길도 평화로웠다. 하산길에는 소양호를 조망할 수 있는 곳이 두 군데 나타났다. 가리산으로부터 소양호까지 거리는 망원렌즈로 당겨야만 소양호의 모습이 보일 정도로, 가까운 편은 아니라 맨눈으로 보기에는 성스러움이 느껴지진 않았다. 화전민 샘터를 지나 휴양림 입구로 내려와서 올려다봤다. 새벽에는 보이지 않았던 3개의 암봉이 또렷하게 보였다.

그리고 집에 와서 두 아이와 함께 아직도 3/4이나 남은 주말을 보냈다.

▲ 다시 소백산, 울고 싶었지만

이후로 새벽에 몇 차례 더 산에 올랐다. 그중에서 우울감이 극심했을 때 오른 소백산 산행이 기억에 남는다.

일조 시간이 줄어들어 만인이 우울해지는 겨울이었다. 배우자가 야근하는 날이 잦아지자 퇴근 후 홀로 두 아이를 봐야 하는 시간이 늘어갔다. 첫째는 직장 어린이집을 다녔고 등하원을 내가 담당하면서 저녁 일정은 전혀 잡을 수 없었다.

둘째는 아직 손이 많이 가는 영아였다. 둘째의 똥기저귀를 치우고 나서 인스타그램과 페이스북을 보면 주변 사람들은 맛있는 거 먹고 좋은 데 놀러 다니고 배우고 싶은 공부하고 열심히 재밌게 사는 모습이 보였다. 오리가 수면 위에 떠 있기 위해 발차기를 열심히 하듯, 저들 역시 소셜미디어로 보여지는 모습 뒤에는 슬프고 힘든 일도 많다는 걸 알면서도 육아로 좁아진 삶의 무게가 버겁게 느껴졌다.

《우울할 땐 뇌과학》(앨릭스 코브 지음, 정지인 옮김, 심심, 2018)을 읽으며 나의 우울 원인을 따져봤다. 일조 시간과 우울증 간 상관관계를 확인했다. '문제는 육아가 아니야, 태양이야'라고 위안을 삼았지만 부족했다. 산에 가서 마음껏 걷고 싶어졌다.

최근 만난 책 《야생의 위로》(에이 미첼 지음, 신소희 옮김, 심심, 2020)를 보면서 당시 나의 선택이 적절했다는 걸 알았다. 우울증 환자가 자연을 걸으면서 치유되는 경험을 담은 이 책은 우울할 땐 밖에 나가서 걷는 게 효과적이라는 사실을 깨우쳐 준다. 특히 겨울에는 매년 보던 상고대와 설산의 성스러운 풍경을 건너뛰고 싶지 않았다. 마음은 소백산을 향하고 있었다. 주말이 되자 이른 새벽, 차에 시동을 걸고 단양으로 떠났다.

소백산은 이미 올라본 적 있으니 이것저것 알아보지 않았다. 기억에 따르면 왕복 8km 거리에 4시간 30분이면 산행을 끝낼 수 있을 테고, 새벽에 일찍 출발하면 2시 안에는 집에 도착하겠다는 계산이었다.

잘못된 기억이었다. 천동 탐방지원센터에 도착해서 확인한 이정표에는 비로봉까지 6.8km라고 적혀 있었다. 계획보다 집에 늦게 도착하겠다는 불안으로 걸음을 재촉했다. 아이젠을 챙겨왔지만 등산로 쪽에 눈은 쌓여 있지 않았다. 대신 천동계곡은 군데 군데 눈으로 덮여 있었는데 쌓인 눈 밑으로 가늘게 얼음이 얼어 있었다. 그 얼음 밑으로 물이 흐르는 모습이 아름다웠다. 바야흐로 산은 봄을 맞을 채비를 하고 있었다.

'눈 구경은 틀렸군.'

소백산 천동 탐방지원센터에서 비로봉으로 오르는 길은 어려운 구간이 거의 없다. 그래서인지 산에 집중하기보다 잡념이 머리를 두드리기 시작했다. 회사에서 새로운 업무에 적응해야 하던 때였다. 집에서는 그러지 않아야 했는데 나는 점점 '욱' 하는 아빠가 되고 있었고, 창조주 대하듯 성스럽게 모시던 배우자를 향한 서운함이 생기려고 했다.

나도 모르게 눈물이 맺혔다(울지는 않았다). 배우자와 아이들이 보고 싶어졌다. 그간 화내고 짜증낸 걸 사과하고 싶었다. 빨리 비로봉을 찍고 집에 가고 싶어졌다. 이때 심정을 기가 막히게 잘 표현해준 문장을 꽤 시간이 지나고 만날 수 있었다. 그건 바로 책밥상 출판사에서 낸 영화 음악에 관한 기념비적 저작인 소설가 오성은의《사랑 앞에 두 번 깨어나는》에서였다.

사람과 사람 사이에는 텅 빈 공간이 있고, 그것은 영원히 메울 수 없는 거리다. 아무리 가까운 부부라 할지라도, 아버지와 아들의 관계여도, 그 간극은 대륙과 대륙을 갈라놓은 바다의 너비만큼이나 아득하다. 혼자 태어나서, 혼자 죽을 수밖에 없는 이 불완전한 존재들은 그래서 울음을 참는다. 울어봤자 아무런 소용이 없기 때문이다.

_ P. 148《사랑 앞에 두 번 깨어나는》(책밥상, 2020)

정상에 가까워지니 그토록 보고 싶은 눈이 보였다. 살아서 천 년, 죽어서 천 년이라는 소백산의 명물인 주목도 하나둘 나타나기 시작했다. 더불어 소백산의 명물인 칼바람도 내 몸을 때렸다. 날은, 이번에도 흐렸다. 소백산에서 장쾌한 조망을 보는 것은 이번에도 실패다. 그럼에도 초원 느낌이 나는 소백산의 주능선은 언제 봐도 멋졌다.

땡보와 꿀이를 등산 꿈나무로 키워서 꼭 함께 데려오리라 다짐하며 정상에서의 짧은 시간을 뒤로하고 서둘러 내려왔다.

당신의 결혼을
진심으로
축하합니다

2019년 통계청 조사에 따르면, 평균 초혼 연령이 남자는 33.37세라고 한다. 내가 결혼했을 때는 32.2세였다. 평균보다 더 일찍 결혼한 셈인데 이렇게 먼저 결혼하면서 오는 이점이 있다. 앞으로 가야 할 결혼식과 굳이 안 가도 될 결혼식을 명확히 구분할 수 있다는 점이다. 내 결혼식에 와준 사람 결혼식에는 가는 게 인지상정. 물론 100% 지킨 것은 아니다.

글을 쓰는 시점에서 반성해보자면 책에 관해 쓴 책 중 가장 훌륭한 책을 세상에 남긴 김유리 작가님 결혼식에 못 간 건 정말 잘못한 짓이다. 그 책의 제목은《읽은 척하면 됩니다》(난다, 2017)이다. 직업상 책을 가장 많이 접할 부부가 쓴 책으로, 두 사람이 읽은 인상적인 책을 솔직하고 담백하게 소개해놓았다. 다양하고 좋은 책을 실었기에 어떤 책을 읽어야 할지 모르겠다면 꼭 이 책에서 안내받으면 된다.

왜 갑자기 결혼식 이야기냐면 남의 결혼식은 산행을 할 절호의 기회이기도 해서다. 새벽 산행과 함께 생각해낸 게 결혼식 산행이었다. 보통 결혼식에 가면 식장에서 2시간 정도, 이후 친한 무리가 있으면 카페 가서 한두 시간 정도 근황 토크를 하지 않나. 이 정도 시간이면 충분히 산 하나는 탈 수 있다.

문제는 이런 기회가 그렇게 많이 오지 않는다는 사실이다. 결혼식에 많은 사람을 초대하지 않은 탓에 내가 참석할 결혼식도 많지 않았다. 점점 결혼하지 않는 사회로 가는 분위기도 한몫했다.

▲ 부산 백양산, 친구 결혼 축하해

초등학교 친구의 결혼 소식이 반갑게 들려왔다. 부산 동래가 식장이었다. 배우자에게 사정을 설명하고 부산에 잠시 다녀온다고 말했다. 배우자는 흔쾌히 승낙했다. 우리 결혼식에 온 친구라면 가는 게 사람 된 도리다. KTX 기차를 예매하고 오랜만에 부산 지도를 꺼냈다. 오호라, 백양산에 가기 좋은 위치

군. 정했다, 너로.

결혼식장에 도착해 친구에게 어깨를 두드리며 '좋은 시절은 끝났어, 친구'라는 지극히 빤한 말을 건넸다. 하객 중에서는 딱히 연락하고 지냈던 친구가 거의 없어서 식장에서 이야기를 나눌 만한 사람이 많진 않았다. 딱 한 명과 짧은 이야기를 나누고, 신랑 입장을 구경한 뒤 조용히 빠져나왔다.

"야, 오랜만에 만났는데 커피라도 한잔 하지 왜 벌써 가노?"

이야기를 나누었던 유일한 친구가 등 뒤로 나를 부르는 소리가 들렸지만 내가 향할 곳은 백양산이었다. 백양산은 부산에서 금정산 다음으로 두 번째로 높은 산이다. 높다 해 봤자, 642m로 결혼식에 들린 김에 잠시 짬 내서 오르기에 적당했다. 다만, 7월 여름이라는 계절 변수가 산행을 다소 버겁게 했는데 오르는 내내 땀이 흐르긴 했다.

들머리는 어린이대공원. 만덕고개 방향으로 올라 불웅령을 거쳐 백양산 정상까지 갔다. 도심 근처 산답게 이정표만 잘 확인하면 길 잃을 염려는 없었다. 능선에 서니 북쪽으로는 금정산이, 서쪽으로는 낙동강이 시원하게 보였고 정상으로 이어지는 길은 억새 구간이라 호젓한 분위기였다. 정상에서는 부산 시가지가 또렷이 보였다.

내려올 때는 선암사 방향을 택했다. 부산에 20년간 살면서도 이 사찰의 존재를 몰랐는데 대한민국 사찰 중 많은 절이 그러하듯 원효대사가 세웠단다. 꽤 고찰 분위기가 풍겼다. 5km 정도 거리에 총 3시간을 걷고 첫 결혼식 산행을 마무리했다.

▲ 홍천 공작산, 배낭 속에 정장을 넣고

이 즈음에 나는 2~3시간 틈만 나면 옆으로 새서 산에 오르고 싶어할 만큼 절실했다. 그럼에도 그런 기회는 자주 생기지 않았다. 지인 경조사에 들른 김에 오른 부산 백양산, 홍천 공작산, 창원 천주산 정도가 전부다.

홍천 공작산에 오른 건 한겨울이었다. 영하 10도 이하로 떨어질 만큼 추웠다. 한국전쟁에 관한 기록을 읽어보면 한겨울 추위로 많은 군인이 동사한다. 시베리아에 버금가는 추위라는 표현이 인상적이다. 실제로 그랬다. 요즘도 추위가 심할 때는 가끔 모스크바보다 추운 서울 기온이 '짤'로 돌 때가 많은데 한국의 겨울은 지구 온난화로 인한 최근의 기상이변이 아니라도 원래 추웠다. 그런 의미에서 한국 산이 낮다고 겨울 산을 만만히 봐서는 안 된다.

정장과 함께 주섬주섬 등산복을 챙기는 모습은 이 정도 의지로 다른 걸 했으면 훨씬 더 성공했을 텐데 하는 생각도 들게 했지만 이렇게까지 해서 산에 간 건 겨우 세 번이다. 어쨌거나, 내복 위로 핫팩을 여러 개 붙이고 아이젠을 챙겨서 떠났다. 이번에는 일정상 산행을 먼저 한 뒤 가야 할 곳에 가기로 했다.

이름부터 아름다운 공작산은 주차장에서 보기엔 밋밋해 보였다. 주차장에서부터 눈이 가득했다. 설산 산행을 향한 기대로 심장이 들떴다. 그래서일까. 등산로가 아닌 길로 들어섰다. 주차장에서 산으로 향하는 등산로로 진입해야 했는데 휴양림으로 향하는 도로를 따라 걸은 것이다.

휴양림으로 난 길에는 자작나무가 많았다. 마치 겨울왕국에 온 느낌이었다. 올랐더니 목줄 없는 개가 따라와서 짖었다. 공작산 자연휴양림은 민간시설이고, 사유지였다. 개 목줄이 없는 이유였다. 주민 한 분이 여기는 등산로가 아니니 돌아가라고 하셨다. 그렇게 30분을 허탕치고 다시 등산로로 진입했다.

40분 정도 오르니 바로 능선에 설 수 있었다. '뭐야, 이거 되게 싱겁네', 하는 순간부터 험한 길이 시작됐다. 로프 구간으로 이뤄진 암봉을 하나 넘고, 둘을 넘었다. 이때까지만 해도 '오 이거 재밌네, 역시 오길 잘했어' 하는 심정이었는데 세 번째 암봉을 맞닥뜨린 순간에는 급기야 욕이 튀어나왔다.

"작작 하자, 공작산이여……."

얼어붙은 빙판길에 발 한번 잘못 헛디디면 바로 황천행. 카메라를 배낭에 넣고 조심조심 세 번째와 네 번째 암봉을 넘으니 마침내 공작산 정상석이 나왔다. 주변에 높은 산이 없어서 사방팔방 조망이 시원했다. 이 정도 조망이라면, 정상 쪽에 조망 안내판을 설치할 만도 한데 없었다. 그저 멋지다, 느낄 뿐 어디가 어딘지 모른 채 하산길을 재촉했다.

오랜 산행으로 머리가 떡진 상태였다. 정장과 떡진 머리, 다소 기묘한 조합이었지만 친구는 멀리까지 와서 고맙다는 말을 해줬다.

'아니, 내가 고맙지.'

친구 결혼식 간 김에 들린 또 한 번의 산행은, 창원 천주산이었는데 진달래가 아름다웠던 산이었고 젊은 사람들이 엄청나게 많아 놀랐다. 바야흐로, 등산은 남녀노소 누구에게나 필요한 현대인의 활동임을 실감했다.

혹시라도 제 결혼식에 오지 않았지만 당신의 결혼식에 초대하고 싶은 분들은 꼭 연락 부탁드립니다. 당신의 결혼을 진심으로 축하할 자신이 있거든요. 단, 식장 근처에 산이 있으면 좋겠어요.

직장인의 등산, 링거

진화심리학자들이 반복해 주장하기를, 호모 사피엔스의 뇌는 수십만 년 전과 변화가 없기에 수백 년 동안 이뤄진 급격한 변화에 따라가지 못한다고 한다.

우리는 아프리카 초원을 자유롭게 누비며 사냥도 하고 채집도 해야 하는데 지금 우리 대부분의 작업 반경은 1평 남짓이다. 현대사회의 흔한 질병인 우울증도 어쩌면 바로 이러한 작업 환경 변화에서 왔다고 해도 과언이 아닐 테다.

내가 일하는 환경은 허리를 맘껏 펼 수 있고 쾌적한 편이다. 그렇지만 출근해서 점심시간까지 줄곧 사무실 안 책상에서 일해야 하고 1시간의 점심시간 뒤 퇴근 때까지 다시 실내에서

PC로 업무를 처리해야 했다. 40도를 오르내리는 무더위에 아스팔트에서 작업해야 하는 사람이나 북극해에서 목숨을 걸고 대게를 잡는 사람보다 훨씬 안락한 환경이지만 내 뇌는 수십만 년 전 우리 선배들의 그것과 비슷해서 억지로라도 햇볕과 바깥 공기를 누리게 해줘야 했다.

아이가 태어난 뒤 새벽 산행에 나서기도 했지만 아침잠이 많은 나는 밤에 배낭을 싸놓고 늦잠 잔 뒤 배낭에 넣어둔 초콜릿이나 과자를 꺼냈다. 그럴 때마다 아이들이 어김없이 달려와 뺏어갔다. 아이들 입술이 시커멓게 변할 때면 배우자가 나타났다.

"내 못 갈 줄 알았지."

이런 일이 반복되면서 새벽 산행에 거는 기대는 나조차도 크지 않았다. 그때쯤 육아 선배들의 연차 사용법이 눈에 들어오기 시작했다. 미혼 때야 그 선배들이 언제 휴가를 쓰고 어떻게 보내는지 관심이 없었는데 내가 그 처지가 되고 보니, 보였다. 선배들이 연차 쓸 때 가끔은 아이가 아니라 자신을 위한 시간을 가진다는 것을.

어릴 때는 자주 아프던 아이들은 커가면서 점점 덜 아프고, 집을 떠나 어린이집에도 가고 유치원에도 간다. 어린이집 종일반에 다닐 때부터는 자주는 아니라도 가끔씩 연차를 쓰고 재충전의 시간을 가지며 영화관에 가는 동료들을 보았다. 나는 영화에는 별 관심이 없으니 영화관 대신 산에 가면 될 일이었다. 아니, 꼭 연차를 내고 갈 필요도 없었다. 오후 반차를 쓰면 근교산 정도는 갈 수 있으니.

▲ 감악산과 관악산, 반차 산행의 결말

처음으로 반차를 쓰고 간 산은 파주 감악산, 직장 동료와 함께했다. 파주 감악산은 경기 5악으로 불린다. 5악은 화악산, 관악산, 운악산, 송악산 그리고 감악산이다. 악岳이란 큰산을 뜻하고 따라서 경기 5악이라고 하면 경기에서 다섯 손가락 안에 들 만큼 큰 산이라는 의미겠으나, 아니다.

그냥 경기도 산 중 이름에 '악'자 붙은 산이 다섯 개밖에 없다는 의미로 받아들이면 된다. 개성 송악산은 못 가봤으니 패스하고, 4개 산을 다 가본 결과 정말 큰산 악자가 붙을 만한 산은 운악산과 화악산 정도다. 즉 감악산은 반차 산행으로 충분히 갈 만하다는 의미다.

감악산은 흔들다리가 유명하다. 감악산 등산로는 여러 개가 있지만 대부분 흔들다리가 있는 주차장에서 산행을 시작한다.

평일 오후 반차를 쓴 덕에 주차 걱정은 할 필요가 없었다.

7월 초였지만 본격적인 무더위가 시작되진 않았다. 감악산은 높이 675m로 높지 않았고 오르막도 3km도 채 되지 않았지만 오르는 내내 숨이 턱턱 막혔다.

청산계곡길로 올라, 악귀봉을 거쳐 임꺽정봉은 건너뛰고 정상을 찍고 계곡길로 내려왔다. 총 6km, 휴식 포함 3시간 걸린 산행이었는데 덥고 습한 날씨로 땀을 꽤나 많이 흘렸다. 청솔모를 찍고 여름을 맞아 올라오는 버섯들을 사진으로 담으면서 묵묵히 올랐다. 휴전선과 가까운 산답게 곳곳에 참호가 보였다. 경기 북부 산에 다니다 보면 아직 대한민국이 전쟁 중이라는 사실을 새삼 깨닫게 된다.

감악산은 정상 부근이 바위 능선으로 이뤄져 조망이 좋지만 이날은 미세먼지 품은 안개 탓에 산 아래가 거의 보이지 않았다. 길진 않지만 호젓한 바위 능선길을 즐긴 뒤 정상에 섰다. 감악산 정상은 절반은 군 기지가 자리 잡고 있고 넓은 평지인데 주변이 나무로 둘러싸여 있어 조망이 별로였음에도 정상에 섰다는 사실 하나만으로도 가슴이 뻥 뚫렸다.

"이렇게 걸어야 인간적인 너무나 인간적인 삶 아니겠니. 콘크리트 건물 안에 쪼그려서 일하는 게 아니라 광활한 대자연

속에서 마음껏 걷는 삶 말이다."

내 말에 함께 간 동행은 코웃음을 쳤다.

"왜, 내 말이 틀렸니?"

"타이슨이랑 메이웨더랑 왜 안 붙었는지 아니?"

"체급이 다르잖아. 중량급이랑 경량급이랑 붙으면 게임이 안 되는데."

"바로 그거다. 그게 문명 이전의 삶이야. 너는 선사 시대에 태어났으면 내가 휘두른 돌도끼에 찍혀서 죽었을 걸?"

동행은 나보다 훨씬 크고 우람했다. 듣고 보니 그랬다. 유발 하라리의 저서 《사피엔스》(조현욱 옮김, 김영사, 2015)에서도 지적하듯 양차 세계대전과 같은 현대 전쟁은 대규모 살상으로 이어지나 문명은 평상시 인류의 폭력을 비약적으로 줄여왔다. 맹수가 지배하던 산을 자유롭게 다닐 수 있는 것도 생각해 보면 문명 덕분이다.

하산길에 범륜사를 지나쳤다. '세계평화'라고 새겨진 커다란 돌이 눈에 띄었다. 한국전쟁 중 치열한 전투가 벌어진 이곳에 있음직한 문구다.

크게 어려운 구간이 없었던 무난한 산행이었지만 집에 와서는 완전히 기진맥진이었다. 초입에 있던 구름다리를 건너며 긴장하고(공중에 떠 있는 기분이 싫다) 후덥지근한 날씨 탓인가 보다 하고 넘겼는데 다음 반차 산행에서 이유를 발견했다. 바로 '노동' 때문이었다.

다시, 오전에 근무하고 오후에 반차를 사용해 관악산(632m) 사당능선에 올랐다. 회사에서 사당역으로 가는 길에 이미 진이 빠졌다. 오전에 열정적으로 일해서(진짜에요, 진짜라고요!) 였을까. 이미 지친 상태로 지하철로 한차례 환승하고 사당역에 내리니 매캐하고 찝찝한 대도시의 공기가 폐로 들어왔다. 얼른 산 속으로 들어가고 싶었다. 그러나 등산로에 들어서서도 상쾌함은 느껴지지 않았다. 시각적으로나 후각적으로 이곳이 산이라기보다는 도시에 가까워서다.

관악산 사당능선은 아기자기한 바위 능선이 일품이고, 조망도 멋진 곳이나 공기는 매캐했고 미세먼지인지 안개인지 모를 희뿌연 대기를 보니 산행이 휴식이 아니라 노동처럼 느껴졌다. 사당능선 곳곳에서 연분홍을 자랑하는 진달래가 오히려 애처로워 보였다. 아마 지친 내 심리 상태 때문에 그렇게 보인 것일지도 모르지만.

그 뒤, 나는 반차 산행을 포기했다. 오전에 근무하고 산에 오르는 건 무리였다. 대신 연차 산행을 선택했다. 역시, 산을 즐기기 위해서는 오롯이 하루를 산에서 보낼 수 있는 시간과 여유가 필요했던 거다.

▲ 설악산, 명산은 평일에 오르는 게 진리

바다는 언제 어디서 봐도 좋지만 높은 산에서 보는 바다는 더 멋지다. 삼면이 바다로 둘러싸이고 국토의 2/3가 산인 대한민국에서는 당연히 이런 멋진 조망터가 많다. 강화도 마니산, 남해 금산, 인천 계양산, 부산의 대부분의 산 등 당장 떠오르는 산만 해도 한가득이다. 이들 산은 대한민국 대부분의 산이 그러하듯 해발 1000m 이하인 산이다. 반면 1708m 높이를 자랑하는 설악산 대청봉은 어떨까.

꼭 바다만 보겠다고 설악산 대청봉에 오르고 싶은 건 아니다. 설악산은 공룡능선, 용아장성, 천불동계곡, 토왕성폭포, 울산바위, 흔들바위, 봉정암, 백담사 등 수많은 매력적인 공간을 품은 산이다. 대한민국 산악계에는 엄마가 좋냐 아빠가 좋냐, 사자가 이기냐 호랑이가 이기냐, 혹은 트리케라톱스가 이기냐 티라노사우르스가 이기냐와 같은 별 의미 없는 '떡밥 매치'가 있는데 바로 '지리산이 최고냐 설악산이 최고냐'다.

정답은 없지만 여기에 대한 나름의 답을 정하기 위해서는 산을 좋아하는 사람으로서 죽기 전에 두 산을 다 올라봐야 한다는 게 불문율.

지리산 천왕봉과 마찬가지로 설악산 대청봉에 오르는 길은 어떤 길로 오르든 최소 3시간 이상은 걸어야 한다. 3시간이라는 것도 걸음이 빠른 사람 기준이다. 그러니까 휴식 시간 포함해서 최소 왕복 6시간은 잡아야 한다는 뜻이다. 몸의 신진대사가 정점을 찍었던 20대를 한참 지난 지금 내 걸음으로는 편도로만 4시간 정도를 올라야 했다.

최단 경로는 오색 코스다. 남설악 탐방지원센터에서 시작하는 이 길은 5km 정도로, 지루한 돌계단 길로 끊임없이 오르막만 이어지는 길이다. 볼 게 없는 대신 대청봉에 오르기 위한 최단 코스라 사람들이 많이 찾는 길이라고 했다.

토요일, 다행히도 오색에 도착하니 11시 30분이었다. 산행은 가능했다. 4시간 30분 운전에 이미 몸은 지쳤고 주차 자리를 찾는 데도 애를 먹었다. 지친 몸을 위로해주는 건 대청봉에 소복하게 쌓인 눈이었다. 단풍 구경을 노리고 왔는데 설산 산행이라니, 다시 힘이 났다.

교통 상황으로 원래 계획과 달리 점심시간에 산행을 시작한 터라 올라가는 길 중간에 점심을 먹을 수밖에 없었다. 점심을 먹은 나는 몸이 급격하게 늘어졌다. 그리고 수많은 등산객이 나를 앞질러 갔다. 꾸역꾸역 빨간 글씨로 새겨진 대청봉 정상석을 눈으로 보겠다는 일념으로 올라갔지만 정상까지 1km 남긴 지점에서부터 다리에 쥐가 올라왔다.

보통 때라면 한두 번 풀고 가면 속도는 안 나도 끝까지 걸을 수는 있을 텐데 이번에는 아니었다. 운전하며 이미 지치기도 했고 점심 먹고 급격히 몸이 무거워진 데다, 정상부에 쌓인 눈은 더 이상의 등산은 무리라는 신호를 보냈다.

정상도 좋지만 이제 몸을 먼저 챙겨야 하는 나이가 되었다. 첫 번째 연차 대청봉 산행은 그렇게 실패로 끝났다.

1년 뒤 다시 설악산 대청봉에 서기 위해 휴가를 냈다. 평일이면 도로에서 시간을 많이 쓰지 않아도 될 듯했다.

이번에는 동서울터미널에서 7시 30분 차를 타고 오전 10시에 한계령에 도착했다. 한계령의 예전 이름이 오색령이라고 하는데 거대한 바위에는 '백두대간 오색령'이라고 적혀 있었다. 한계령에서 오르막은 오색에서 맞닥뜨린 지옥으로 향하는 돌계단을 연상하게 했다. 쉴 틈 없이 계속 올라야만 하는 길. 다행스럽게도 1시간만에 오르막이 끝났는데 이 뒤로는 계속 탄성을 자아내는 경치였다.

서쪽으로 보면 귀떼기청봉의 우람한 모습이, 동쪽 끝에는 대청봉이 보이는데 이보다는 북쪽 방면에 자리잡고 있는 공룡능선의 모습에서 할 말을 잃어버렸다. 왜 다들 설악, 설악 하는지 이해가 갔다. 바위산에서 느낄 수 있는 장엄함, 숭고미가 있었다.

다시 시야를 돌려서 서쪽을 보면 가리봉(1518m)이, 남쪽으로는 점봉산이 자리 잡고 있다. 가리봉과 점봉산 정상은 모두 통제 구간이다. 가지 말라, 가지 말라 해도 검색해보면 벌금을 감수하고 오른 산꾼들이 있다. 무엇이 옳은지 모르겠으나 많은 국립공원에서 시행하는 예약제 형식으로 가리봉과 점봉산 정상도 개방해줬으면 좋겠다는 바람이다. 현재는 비법정 탐방로이므로 준법 시민인 나로서는 그저 언젠가 정상으로 향한 길이 열리길 바랄 뿐이다.

산 아래로는 오색과 한계령을 잇는 44번 도로가 굽이치며 흐르고 있었다. 한계령-대청봉-오색 코스의 또 하나의 묘미가 산을 넘은 후 다시 오색에서 버스를 타고 한계령을 오르는 길이다. 한계령에서 대청봉을 찍고 오색으로 걸어 내려오면 오색에서 서울로 돌아오는 버스를 타야 한다. 보통 몸이 지친 상태라 이때는 버스를 타자마자 눈을 감고 싶어지지만 아무리 피곤하더라도 버스 안에서 이 길을 지나가는 동안만은 눈 꼭 치켜뜨고 버텨보길 추천한다. 눈 호강 제대로다.

대청봉에 다가오니 울산바위도 살짝 보였다. 중청대피소에서부터 대청봉까지는 0.6km. 이상 없던 내 허벅지가 다시 조여오기 시작했다. 행여 쥐라도 날까 조심조심 속도를 죽이며 올랐다. 드디어 대청봉 정상. 옅은 안개로 살짝 가려지긴 했으나 속초 방향과 동해 바다는 뚜렷하게 보였다. 바다를 끼고 설악산을 올려다볼 수 있는 속초 사람들은 얼마나 행복할까.

요즘 사람들은 "어디 아파트 사세요?"라든지 "어느 종목에 투자했어요?"와 같은 질문만 하지, "어느 지역에서 살고 싶으세요?"와 같은 훨씬 더 근원적이고 중요한 질문은 안 던지는 것 같다. 가끔이라도 그런 질문을 받을 때면 나는 이렇게 답하곤 했다.

"속초, 강릉, 동해 중에서 한 곳이오."

영동 지역의 도시들은 수평과 수직이 공존하는 입체적인 공간이다. 백두대간이라는 거대한 산맥의 수직, 끝없이 이어진 푸른 수평선을 자랑하는 동해라는 수평, 이 둘이 어우러진 곳이다. 가격이야 이성계의 수도 천도 이후로 서울이 제일 비싸겠지만 나에게 가치는 이쪽 도시가 더 높다. 속초, 강릉, 동해 중에서 한 곳만 고르라면? 당연히 속초다. 이유는 간단하다. 속초 설악산은 1708m로 강릉 노인봉이나 동해 두타산보다 400m 정도 더 높다.

빨간색으로 새겨진 '대청봉' 정상석 뒤로 속초 시내가 희미하게 보였다. 평일이라 정상에는 사람이 몇 없었다. 덕분에 정상석을 배경으로 인증샷을 찍는데 대기 시간은 전혀 없었다.

오색까지 내리막 5km는 좀처럼 속도가 나지 않아 거의 3시간 동안 내려왔다. 1년 전 왔을 때도 느꼈지만 오색 코스는 참 볼 게 없다. 다만 사람을 겁내지 않는 다람쥐를 만나 망원렌즈로 다람쥐 사진을 맘껏 찍었다. 평소와 달리 사람이 없어서인지 등산로 한가운데서 살모사도 볼 수 있었다.

눈 호강 제대로 한 멋진 연차 산행을 곱씹으며 그래서 설악산이냐 지리산이냐에 관한 답을 해야 한다면, 명산은 평일에 가야 한다는 것!

▲ 정읍 내장산, 대한민국 최고 단풍 명소

평일에 갔는데도 인파로 고생한 산도 있다. 바로 대한민국 대표 가을 산행지 내장산이다.

내장산 저수지에서부터 심장 박동 소리가 높아졌다. 다른 산의 색보다 훨씬 고운 산이 자동차 앞유리 너머로 보였다. 산악회 버스를 타거나 대중교통을 이용하면 서래 탐방지원센터에서 서래봉을 오르기도 하는데 자차 산행이라 차를 타고 주차장까지 더 들어갔다. 주차장까지 이어진 길 내내 단풍을 구경할 수 있었다. 주차장 입구에 가까이 갈수록 차가 많이 보였고, 급기야 3주차장 앞에서는 정체가 시작되었다.

평일에는 인파가 많지 않으리라는 건 착각이었다. 내장산 공용 주차장은 1, 2주차장이 이미 만차였고 이보다 입구에서 좀 더 떨어진 3주차장마저 만차 직전이었다.

서울에서 정읍까진 거리가 꽤 멀어 KTX가 정읍에 정차한 뒤로는 내장산 산행은 고속열차로 많이들 간다. 하지만 이날 내장산을 오르고 변산으로 이동해서 다음날 내소사를 둘러보고 관음봉에 오르려는 계획을 세웠다. 좀처럼 자주 올 수 없는 곳이니 무리를 해서라도 이틀 연속 산행을 감행할 계획이었다.

다행히 주차를 하고 입장료를 내고 조금 더 걸어서 내장사로 향하는 유료 셔틀을 탄 뒤 내장사에서부터 본격적인 산행이 시작됐다. 매표소에서 셔틀 버스를 기다릴 때 잠깐 대기한 시간이 있긴 했으나 내장사에서 서래봉으로 오르는 길로 접어든 순간 마술처럼 사람들이 다 사라졌다. 다행스럽게도 그 많은 사람들의 목적지는 서래봉이나 신선봉이 아니라 케이블카였다. 이날 풍문으로 듣기론 내장산 케이블카를 타기 위해 기다린 시간이 기본 1시간이었다고 한다. 주말이었다면 더 기다렸어야 할 테다.

내장산은 최고봉인 신선봉이 763m로 그리 높지 않다. 다만 내장사에서 바로 오르는 길이 아니라 서래봉에서부터 둥글게 빙 돌아서 오를 경우 12km, 6시간 정도를 걸어야 한다. 곳곳이 바위라 위험한 구간도 꽤 나타난다. 게다가 이날은 간헐적으로 비가 내렸다. 철제계단을 오르내릴 때 아찔한 순간이 몇 있었다. 그럼에도 걷는 내내 눈이 즐거웠다. 과연 대한민국 대표 단풍 맛집다웠다.

　울긋불긋 산을 뒤덮은 다채로운 색채와 산 한가운데 고즈넉하게 자리잡은 내장사의 모습은 식상한 표현을 빌리자면 한 폭의 그림 같았다. 단, 이런 그림처럼 아름다운 가을 절정의 내장산을 영접하기 위해서는 평일에 가든 휴일에 가든 엄청난 인파와 섞일 각오를 해야 한다.

사라질
모든 것을 향한
애도

직장에서 10년 장기근속으로 포상 휴가를 받았다. 2년 군 생활에서도 한 번도 받아보지 못한 포상 휴가다. 세 가지가 떠올랐다. 산, 사진 그리고 골목길.

나는 골목길 걷는 걸 좋아한다. 사진에 관심을 두게 된 뒤에는 걸으면서 셔터를 눌렀다. 프로이트를 비롯한 많은 심리학자들이 유년 시절의 경험과 기억이 중요하다는, 별 특별할 것도 없는 주장을 폈는데 나의 골목길 사랑도 유년 시절의 성장 배경과 밀접할지도 모르겠다.

한국의 대표적인 주거 형태는 아파트이지만 나는 태어나서 대학생 때까지도 대문을 나서면 골목이 있는 주택가에서 살았다. 그곳에는 사람이 있었고 정이 있었다…… 라고 쓰려는 건 아니다. 어린 시절, 앞집 뒷집 옆집 대각선 집에 위치한 집 이웃과 안면을 트고 최소한 가족 구성원의 이름 정도는 아는 사이였으나 골목에도 이권 다툼이 있었고 권력투쟁이 존재했다.

동네 아주머니들은 몰려다니는 남자아이들을 꽤 싫어했다. 여성아이는 고무줄이나 공기놀이로 사회적 유대와 신체적 발달을 도모했지만 남자아이는 예나 지금이나 공놀이가 주다. 의성어로 표현하자면 여성아이는 '소곤소곤'이고 남자아이는 '우지끈 뚝딱 와장창'.

공놀이의 가장 큰 문제는 기물 파괴로 이어진다는 점이다. 죄와 벌에 관한 관념은 이미 있는지라 부수면 도망갔다. 동네 아이들이야 거기서 거기. 설득과 협박으로 동네 아이 몇 명을 조사하다 보면 범인은 곧 밝혀진다. 그 범인(편의상 B라고 하자)은 곧 아줌마들 사이에서 공공의 적이 된다. 사회적 낙인은 굉장히 강해, 그 아이가 나타나기만 해도 "딴 데 가서 놀아!"라는 말을 듣기 일쑤였다.

쇠똥구리가 똥 굴리듯, 말도 돌고 돌면 커진다. B는 하라는 공부는 안 하고 만날 놀러 다닌다더라, B가 동네 문방구에서 '뽀빠이'를 훔치다 걸렸다더라, 알고 보니 B의 친형이 본드를 했다고 하더라, 이런 소문은 결국 "너, 앞으로 B랑 놀지 마"라는 정언 명령으로 이어졌다. 소문을 들은 B의 어머니는 소문을 유포한 아주머니들과 거하게 한판 붙었다.

어머니들 사이에서 저렇게 싸우든 말든 또래 아이들은 골목을 누비며 열심히 놀았다. 당시 '짬뽕'이라는 놀이가 유행했는데 그게 왜 짬뽕이었는지는 아직도 이유를 모르겠다.

짬뽕은 이런 놀이다. 고무공을 벽에 치고 숫자를 부르면 그 숫자에 해당하는 아이가 잡는다. 공을 잡으면 다시 벽에 쳐서 숫자를 부르면 된다. 만약 공을 잡지 못하면 공을 잡을 동안 다른 아이는 있는 힘껏 달린다. 공을 잡은 술래는 도망친 다른 아이를 향해 공을 던져야 하는데 이때 그 공을 받거나 피하면 술래는 벌칙을 받는다. 말로 하니 굉장히 복잡한 놀이 같으나 공기놀이와 고무줄과 마찬가지로 사회적 유대와 신체적 발달을 도모하기에 적합하다. 간단하고 중독성도 있다.

여기서 관건은 벽에 고무공을 던져도 빗자루를 들고 뛰쳐 나오지 않을 만한 너그러운 이웃집을 찾는 것이다. 불행히도 그런 어른은 거의 없었으므로 아이들은 탐험에 나설 수밖에 없었다. 오늘은 빨간 벽돌집, 내일은 파란 시멘트 집, 모레는 돌담 집, 이런 식으로. 그러다 보면 이웃 동네까지 원정 갈 때도 있는데 골목 앞으로 펼쳐진 새로운 풍경에 반해서 해야 할 '짬뽕'을 잊고 돌아다니다 온 적도 많았다.

▲ 골목길을 대신하는 건축 때문에

애석하게도 구불구불 이어진 골목을 보기가 점점 힘들어진다. 대한민국에서 아파트는 도시뿐만 아니라 소도시와 심지어 농촌에서도 점점 더 대표적인 주거 형태로 자리 잡고 있다. 마당과 골목이 사라진 그 자리는 주차장과 도로가 대신했다. 아파트라는 주거 형태에 있는 장점도 있겠으나, 아파트에는 골목이 주었던 변화무쌍함이나 다양성이 없다. 그래서 호기심을 불러일으키지도 않고 정감도 없다.

공간을 어떻게 구성할 것인가가 건축이고 건축은 곧 시대정신이다. 정도전이 경복궁을 설계하면서 유교적 민본주의를 염두에 둔 것이나, 하늘 높이 뾰족하게 솟은 모습으로 신에 닿고자 했던 노트르담 대성당은 당시의 시대정신을 반영한다. 빅토르 위고는 이 문제에 천착했는데《레미제라블》이나《파리의 노트르담》에서 집요하게 파리의 뒷골목이나 성당의 모습을 묘사한 이유가 시대정신을 표현하려 했기 때문이다.

건축술의 최대의 산물은 개인적인 작품이라기보다 사회적인 작품이요, 천재적인 사람들이 내던져 놓은 것이라기보다는 오히려 전통을 겪은 민중들의 산이요, 한 국민이 남겨놓은 공탁물이요, 허구한 세월이 이루어놓은 퇴적물이요, 인간 사회의 계속적인 발산물의 침전이라는 것을.

_P. 216《파리의 노트르담 1》(정기수 옮김, 민음사, 2005)

위고의 표현처럼 골목은 사회적인 작품이고 전통을 겪은 민중의 산일 텐데 재개발과 뉴타운에 너무 손쉽게 허물어져버린 게 아닐까 하는 아쉬움이 든다.

그리하여 생각난 곳은 부산의 산들이었다. 감천문화마을이나 흰여울마을로 대표되듯 부산의 산에서는 아직 골목과 산이 어우러진 모습을 볼 수 있다.《사랑 앞에 두 번 깨어나는》의 저자 오성은 소설가에게 연락했다.

"안창마을에 갈 거야."

"안창마을? 거긴 어딘데?"

"나 의경 시절 때 가봤는데, 도로 좁고 영도 느낌 나는 그런 곳 있어. 수정산 바로 아래."

"아, 안다. 우리집 근처다. 같이 가자."

그리고 잠시 후.

"아, 아이더라. 우리집 근처는 돌산마을. 안창마을은 니 혼자 가라."

"왜?"

"집에서 멀다. 안창마을 보고 넘어온나. 황령산 같이 가자."

서울에서 부산으로 향하는 KTX를 예매하고 그날을 기다렸다. 조금이라도 돈을 아끼기 위해 할인이 적용되는 새벽 시간대로 정했다. 나중에 알고 보니 평일 기차보다 비행기가 더 쌌다. 목표로 한 안창마을에 가기 위해서 수정산과 구봉산을 경유하기로 했다. 접근하기에 김해공항보다 부산역이 더 편하니, 결과적으로는 기차를 택한 건 옳은 선택이었다.

부산역에 도착하자 어린 시절 친숙했던 바다 냄새가 밀려왔다. 롯데리아에서 데리버거 세트를 먹으며 지도앱을 켰다. 민주공원까지 걸어가 수정산과 구봉산을 찍고 안창마을로 내려오면 오전이 다 갈 것 같았다.

부산역 앞 초량은 외할머니가 계신 동네라 친숙했다. 20세기의 초량과 21세기 초량은 많이 달라져 있었다. '보그 병신체'를 쓰기 싫지만 변한 느낌을 묘사하자면 '레트로'해졌다고 할까. 50년 넘는 역사를 자랑하는 어묵집의 건물도 세련되게 바뀌었고, 경사 급한 골목길은 '초량 이바구길'이라는 이름으로 관광명소가 되어 있었다.

지금은 부산 산동네 중 일부가 관광명소로 변해 레트로함으로 많은 사람들의 인기를 끌고 있지만, 여기에는 서울의 달동네와 마찬가지로 가슴 아픈 사연이 있다.

식민지 부산에서 평지는 일본인, 고지대는 조선인이라는 주거 공간의 이분법이 생긴 것이다. 가난한 조선인들은 그래도 부산항 주변에서 막노동 등의 일자리를 찾을 수 있었기에 불편한 산자락이지만 토굴을 파거나 움막을 지어 정착했다. (중략) 해방 후에 귀환 동포 10만여 명이 부산에 정착했고, 한국전쟁 이후에 피란민 40여만 명이 부산으로 이주해왔다. 적기 수용소와 대한도기주식회사 등 여러 곳으로 피란민을 부산에 배치시켰지만 폭발적으로 늘어난 인구를 감당하기란 어려웠다. 수용시설에 들어갈 수 있다면 천만다행인데 그렇지 못한 대다수의 피란민은 스스로 살 집을 마련해야 했다. 그들이 택한 방법은 산으로, 산으로 가는 길이었다.

_P. 272~273《부산의 탄생》(유승훈 지음, 글항아리, 2013)

한국전쟁 직후가 끝이 아니었다. 산업화로 도시로 급격히 사람들이 몰리면서 집과 골목이 산허리까지 치고 올라갔다. 광주, 대구, 대전, 서울 등 분지형 대도시와 다른 부산의 모습은 이렇게 형성되었다.

▲ 부산 구봉산, 안창마을로 가는 길에서

초량동 일대를 거닐며 천천히 사진을 찍다 보니 어느새 1시간이 훌쩍 지나 있었다. 이윽고 들머리인 민주공원에 도착했다. 안창마을과 초량 이바구길을 품고 있는 수정산, 구봉산은 대도시 산답게 등산로가 여러 갈래다. 길이 워낙 다양해 이정표가 도움될 때도 있지만 헷갈릴 때도 많다.

수정산과 구봉산 모두 300m 안팎에 완만한 흙산이라 편히 걸을 수 있다. 이름 모를 꽃과 거품벌레를 찍고, 30분 만에 구봉산 정상에 도착했다. 바다와 산과 아파트와 주택과 골목을 품은 부산이 한눈에 보였다.

봉수대에서 잠시 땀을 훔치고 걸음을 재촉했다. 구봉산과 수정산을 오전에 끝내고, 오후에는 오작가와 황령산과 돌산마을을 걸어야 했다. 시간이 많지 않았다. 구봉산, 수정산을 걸으며 놀란 점은 숲이 우거졌다는 점이다. 큰 나무도 많았다. '국뽕'이 다소 들어간 인식이겠지만 도시 근처에 이렇게 훌륭한 숲과 산을 품은 대한민국은 살기 좋은 곳이다.

구봉산에서 수정산으로 향하는 길에 조망 트이는 곳은 거의 없다. 업다운이 그리 심하지 않은 숲길을 걷다 보면 수정산 정상이 나온다. 수정산 정상에서는 정면으로 백양산이 보였고, 오른쪽으로 안창마을의 일부가 보였다. 일부만 보였지만 큰 규모의 마을이었다. 수정산이 그리 높은 산이 아니기에 15분 정도 내려가니 안창마을이 나왔다.

15년 전, 운전병으로 보직 변경 후 앞서 등장한 군대 선임인 성형미인이 '너의 운전 실력을 보여다오' 하면서 간 곳이 안창마을이었다. 부산에서 나고 자라면서 한 번도 가보지 못한 곳이었다. 상사가 왜 이곳으로 나를 몰고 갔는지는 운전하면서 알 수 있었다. 도로는 좁고 험했다. 안창마을 거의 끝에 가서는 소형차 한 대가 겨우 통과할 수 있는 길. 1300cc 수동 관용차를 몰면서 시동 꺼지면 어쩌나 하며 땀을 흠뻑 흘린 기억이 난다.

이곳을 목표로 했지만 정작 나는 셔터를 많이 누르지는 않았다. 흰여울마을이나 감천문화마을처럼 관광지가 아니라 주민들의 사적인 공간이라는 느낌이 더 강했다. 물론 흰여울마을이나 감천문화마을도 사람들이 사는 공간이고 그렇기에 함부로 사진을 찍어선 안 될 일이다.

근대 이후에 형성된 오래된 마을이라면 으레 있기 마련인 재개발을 둘러싼 혼란이 보이지 않았다. 이를테면 '재개발 결사 반대'와 같은 플래카드가 없었다. 대신 주차난을 해소하기 위한 주차장 건립 관련 플래카드가 있었다. 재개발 지역으로 지정되었지만 현재는 여러 이유로 해제된 상태라 했다.

안창마을 입구에 있는 안내판에는 이곳이 1970년대부터 만들어진 마을이라 적혀 있었다. 생각만큼 오래된 마을은 아닌 셈이다. 호랑이 관련한 벽화가 여럿 보였다. 1950년대 이전에는 산림이 우거진 공간이었고 호랑이도 자주 출몰했다고.

또다른 표지판에는 '호랭이마을의 지속적인 발전을 위해 상호협력한다'는 내용이 적혀 있었다. 한국에서 마을의 지속적인 발전이란 무엇일까.

한국 대도시에서의 지속적인 발전이란 거의 재개발이다. 낡은 주택과 구불구불한 길이 아파트 단지로 다시 태어나는 과정에서 주거의 질은 향상되고 집값도 뛴다. 그러나 쉽지 않다. 정부와 지자체의 도시 계획, 원주민 보상, 건축 회사의 수익 등 여러 가지 조건이 잘 맞아도 될까 말까다.

다른 방법으로 한때 도심 재생이 유행했다. 도심 재생이라는 게 이쪽 지식이 미천한 나로서는 무엇을 의미하는지 모르겠으나 대개는 젊은 예술가들이 와서 벽화를 그리고 공장이 카페로 변하는 것도 그중 하나일 테다. 이 역시 원주민들은 크게 반기는 형태는 아닌 듯하다. 관광지가 되면 외부인들의 출입이 잦고 사생활 보호 등 오히려 주거 쾌적성이 떨어질 수도 있기 때문이다.

아래로 내려갈수록 갈비집, 오리집 등 음식점이 많이 보였다. 등산을 마치고 몹시 목이 말라 아이스커피를 한잔 마시고 싶었는데 카페는 눈에 띄지 않았다. 카페나 독립서점 하나 정도는 눈에 띌 만한데 이 동네의 정체성과 맞지 않는 건지…….

안창마을에서 거의 다 내려오니 고층빌딩이 보였다. 63층, 289m 높이를 자랑하는 BIFC였다. 안창마을과 BIFC. 서울과 마찬가지로 부산에서도 다른 시기에 지어진 다양한 건물들이 공존하고 있었다. 아니 공존이라고 해야 할지, 불화하고 있는지는 모르겠다. 건물의 마음을 내가 알 수 있는 건 아니니까.

▲ 부산 황령산, 사라져버린 꿩

오작가를 만나기 위해 문현동으로 이동했다. 오작가가 지하철역까지 나와서 나를 맞아줬다.

"뭐꼬?"

"뭐긴, 휴가지."

"왜?"

"10년 다니니까 주더라."

"하…… 참 니도 재미없게 산다. 그런 휴가를 산 탄다고 쓰나?"

"마, 인생 별거 있나. 니가 재밌게 해주면 된다."

오작가는 돌산마을로 안내했다. 문현동 안동네 벽화마을이라고도 불리는 곳이었다. 이곳은 안창마을과 달리 재개발을 둘러싼 다툼이 진행 중이었다. 마을이 다 헐리고, 아파트로 바뀔 예정. 영화 〈마더〉 촬영지로 알려지면서 한때 관광객이 많이 찾던 동네였고, 도심 재생의 모범 사례로 꼽히기도 했건만 결국은 사라진다.

우리가 찾았을 때는 평일이고 이미 많은 세대가 이사한 뒤라 인적이 드물었다. 사람은 떠나고 덩그러니 남은 벽화만이 우리를 맞아줬다. 그 벽화마저 철거될 터였다. 돌산마을 골목 너머로 황령산의 모습이 보였다. 한쪽 귀퉁이에는 '끝장 투쟁 사무소'라는 푯말이 보였다.

이곳에 남을 수밖에 없는 사람들의 사연은 다양하겠지만 새로 설 아파트 분담금을 감당할 수 없고 토지 보상비로 갈 데도 마땅치 않아서일 테다. 골목도, 마당도 없는 아파트가 왜 이렇게 비싼 걸까.《월든》의 저자 소로우는 다음과 같은 명문을 남겼다.

만약 문명이 인간 상황의 진정한 발전이라고 주장한다면 (나 역시 그렇게 생각하고 있다. 단 현명한 사람들만이 그 이점을 최대로 활용한다고 할 수 있다), 그 문명은 비용을 더 들이지 않고 보다 훌륭한 주택을 마련하였다는 사실이 증명되어야 할 것이다.

_ P. 55《월든》(강승영 옮김, 은행나무, 2011)

대도시에서 주차와 보육과 교육 모두를 한방에 해결할 수 있는 가장 값싼 주거 형태가 아파트라는 사실을 이제는 깨닫고 나서도, 심정적으로는 소로우의 말에 힘을 보태고 싶다.

물론 소로우가 저런 글을 쓸 수 있었던 데에는 때때로 맛있는 쿠키를 만들어주고 빨래도 해준 어머니의 노고도 잊지 않아야 한다. 소로우의 외로움을 달래준 이웃과 친구들도 기억해야지. 그런 의미에서 나와 함께 황령산을 걸어준 오작가와 등산의 맛을 알려준 어머니에게 다시 한번 이 기회를 빌어 감사드린다.

돌산마을을 관통해서 황령산(427m) 입구에 도착했다. 도시 산이 그러하듯 곳곳에 운동할 수 있는 시설이 있고 길은 다양하다. 정상으로 향하는 길과 산을 빙 두르는 둘레길이 잘 정비되어 있었다.

나무 반, 사람 반인 도시 산에서 비현실적인 장면을 만났다. 바로 꿩이었다. 수수한 암꿩이 아니라 화려한 수꿩. 산에서 살모사도 보고, 멧돼지도 보고, 토끼도 봤지만 수꿩을 눈앞에서 본 건 처음이었다.

반려꿩이라도 되는 듯, 우리가 다가갔지만 날개를 펼쳐 도망가지 않고 종종걸음으로 걸어갔다. 우리와 간격을 적절히 유지하면서 사뿐히 걸어갔다. 최대한 가까이서 찍고 싶은 마음에 1분 정도 추격전을 벌였다. 고개 하나를 넘자 꿩은 보이지 않았다. 달리 갈 길도 없었는데 갑자기 사라져버린 것이다.

"우리가 뭘 본 거지?"

"지금 본 게 꿩은 맞았을까?"

"신비루일지도."

"인생사 모든 게 신비루지. 인도 세계관에서는 마야라고 하지 않나."

"그렇지. 부동산도, 주식도, 일자리도, 모든 게 결국은 사라지지. 아까 본 돌산마을처럼."

"인도 세계관에서 말하는 마야란 그런 의미는 아닌 거 같고."

"그럼 뭔데?"

"오래 전에 배워서 까먹었다."

"마야란, 아름다움이고 즐거움이고 이런 게 다 허상이란 뜻 아니가? 틀렸다, 내 배우자는 계속 아름답다."

"그건 나도 그렇다."

"우리가 산에서 이런 말 해 봤자 듣겠나?"

"그것도 그렇다."

우리는 찾지 못한 수꿩을 뒤로하고 황령산 정상으로 향했다. 황령산 정상에서 오전에 걸어온 구봉산과 수정산 능선을 바라봤다. 봉래산, 장산 등 다른 부산 산들도 보였다. 그 산 밑에는 집이 있었고, 집 사이로는 골목이 이어지고 있었다.

내발내산 (내 발로 내가 오른 山)

제가 올라본 산 중에서만 고르다 보니 선정된 산 및 코스가 지극히 자의적입니다. 국립공원이나 도립공원으로 지정된 산 대부분은 사계절 언제든지 가도 만족하실 겁니다! 꽃 피는 봄이나 가을에는 어느 산에 가든 실패할 확률이 적고 겨울에는 눈이나 상고대를 보려면 고도가 높은 산에 가는 게 좋죠. 계곡 낀 산에는 여름에 가는 게 어울릴 테고요.

산 (위치, 고도) │ (감상 포인트) │ 등산 코스(km / 시간) 순으로 나열했습니다. 《밥보다 등산》 본문에 등장한 산은 ★로 표시했습니다.

＊ 설악이냐 지리냐

★ **설악산** (강원도 속초, 1708m) | 대청봉 오르는 가장 쉬운 길이지만⋯ | 한계령 - 대청봉 - 오색 (15km / 8시간)

★ **지리산** (경상남도 함양, 1915m) | 죽기 전에 지리산 종주 | 노고단 - 반야봉 - 천왕봉 - 중산리 (40km / 18시간)

＊ 봄꽃

· **천마산** (경기도 남양주, 812m) | 야생화 | 다래대피소 - 정상 - 다래대피소 (7km / 4시간)

· **천주산** (경상남도 창원, 640m) | 진달래 | 달천계곡 주차장 - 천주산 정상 - 만남의광장 - 달천계곡 주차장(7km / 2시간 40분)

· **황매산** (경상남도 산청, 1113m) | 철쭉 | 장박리 - 정상 - 모산재 (11km / 5시간)

· **축령산** (경기도 남양주, 887m) | 철쭉 | 휴양림 - 축령산 - 서리산 - 휴양림 (7km / 4시간)

★ **한라산** (제주, 1700m) | 철쭉 | 영실 - 윗세오름대피소 - 영실 (7km / 3시간)

* 계곡 & 폭포

★ **두타산** (강원도 동해, 1357m) | 매표소 - 무릉계곡 - 용추폭포 - 박달재 - 두타산 - 두타산성 - 매표소 (17km / 8시간)

· **노인봉** (강원도 강릉, 1338m) | 소금강 입구 - 노인봉 - 진고개 (14km / 7시간)

· **백운봉** (경기도 양평, 940m) | 사나사 공용 주차장 - 정상 - 사나사 공용 주차장 (9km / 5시간)

★ **내연산** (경상북도 포항, 930m) | 주차장 - 보경사 - 시명리 - 향로봉 - 삼지봉 - 보경사 - 주차장 (20km / 8시간)

★ **천성산** (경상남도 양산, 811m) | 대성 - 홍룡사 - 원효암 - 화엄벌 - 무지개폭포 (12km / 6시간)

· **백운산** (경기도 포천, 903m) | 백운계곡 주차장 - 정상 - 백운계곡 주차장 (9km / 5시간)

* 단풍

★ **내장산** (전라북도 정읍, 763m) | 내장사 - 서래봉 - 불출봉 - 망해봉 - 연지봉 - 까치봉 - 신선봉 - 내장사 (12km / 6시간)

· **주왕산** (경상북도 청송, 722m) | 대전사 - 주왕산 - 3폭포 - 2폭포 - 1폭포 (11km / 5시간)

· **치악산** (강원도 원주, 1288m) | 성남 - 남대봉 - 향로봉 - 비로봉 - 구룡사 (18km / 8시간)

* 억새

· **오서산** (충청남도 홍성, 790m) | 성연주차장 - 시루봉 - 정상 - 성연주차장 (8km / 4시간)

· **명성산** (경기도 포천, 923m) | 경기도 상동주차장 - 억새밭 - 팔각정 - 팔각정 바로 옆 봉우리 - 자인사 (6km / 3시간)

· **신불산** (울산, 1208m) | 주차장 - 홍류폭포 - 칼바위 - 신불산 - 간월산 - 간월공룡 - 주차장 (13km / 6시간)

· **민둥산** (강원도 정선, 1117m) | 능전마을 - 정상 - 능전마을 (6km / 3시간)

· **무장봉** (경상북도 경주, 624m) | 주차장 - 무장봉 - 주차장 (9km / 3시간)

❋ 겨울왕국
· **태백산** (강원도 태백, 1566m) | 유일사 쪽 주차장 - 장군봉 - 천제단 - 당골광장 - 석탄박물관 (8km / 4시간)
★ **소백산** (충청북도 단양, 1440m) | 다리안국민관광지 - 비로봉 - 연화봉 - 희방사 (15Km / 7시간)
★ **덕유산** (전라북도 무주, 1614m) | 구천동주차장 - 백련사 - 향적봉 - 백련사 - 구천동주차장 (20km / 8시간)
· **발왕산** (강원도 평창, 1458m) | 실버능선 - 정상 - 실버능선 (8km / 4시간)

❋ 도시를 보듬다
· **북한산** (서울, 836m) | 산성입구 - 백운대 - 백운통제소 (7km / 4시간)
★ **금정산** (부산, 801m) | 계석 마을 - 장군봉 - 고당봉 - 동문 - 남문 - 어린이대공원 (20km / 8시간)
★ **계룡산** (대전, 816m) | 동학사 - 은선폭포 - 관음봉 - 동학사 (5km / 3시간)
· **무등산 서석대** (광주, 1100m) | 당신과나목장 - 장불재 - 입석대 - 서석대 - 당신과나목장 (5km / 3시간)
· **예봉산 적갑산 운길산** (경기도 남양주) | 팔당역 - 예봉산 - 적갑산 - 운길산 - 수종사 - 운길산역 (14km / 7시간)
· **수암봉** (경기도 안산, 397m) | 수암 공영주차장 - 소나무쉼터 - 정상 - 용화약수터 - 수암 공영주차장 (4km, 1시간 40분)

❋ 일출
★ **검단산** (경기도 하남, 657m) | 주차장 - 정상 - 주차장 (5km / 2시간 30분)
· **청대산** (강원도 속초, 230m) | 청대산 주차장 - 정상 - 청대산 주차장 (2km / 1시간)
★ **봉래산** (부산, 395m) | 고신대 - 손봉 - 정상 - 고신대 (4km / 3시간)

＊ 바위에 매달리고 싶을 때

· **팔봉산** (강원도 홍천, 328m) | 팔봉산 주차장 - 1봉 - 8봉 - 팔봉산 주차장 (6km / 3시간)

· **불곡산** (경기도 양주, 470m) | 양주시청 - 상봉(정상) - 상투봉 - 악어바위 - 유양공단 (5km / 3시간)

· **감악산** (강원도 원주, 945m) | 주차장 - 능선길 - 정상(원주) - 정상(제천) - 계곡길 - 주차장 (6km / 4시간)

★ **영축산** (경상남도 양산, 1081m) | 가천마을 - 포 사격장 - 금강폭포 - 영축산 정상 - 비로암 - 통도사 - 버스정류장 (15km / 8시간 30분)

· **운악산** (경기도 포천, 937m) | 하판리 주차장 - 눈썹바위 - 병풍바위 - 정상 - 현등사 - 주차장 (7km / 4시간)

· **오봉산** (강원도 춘천, 778m) | 주차장 - 바위 능선 - 정상 - 청평사 - 주차장 (7km / 3시간 30분)

＊ 섬 산행

★ **금산** (경상남도 남해, 681m) | 상주해수욕장 - 금산 입구 - 보리암 - 정상 - 보리암 - 금산 입구 (5km / 3시간)

· **호룡곡산** (인천, 245m) | 하나개유원지 주차장 - 호룡곡산 - 국사봉 - 하나개 유원지 주차장 (6km / 3시간)

· **마니산** (인천, 472m) | 화도주차장 - 계단로 - 참성단 - 단군로 / (4km 2시간 40분)

＊ 통일전망대보다 더 뛰어난 전망

· **고대산** (경기도 연천, 832m) | 주차장 - 표범폭포 - 정상 - 칼바위 - 주차장 (6km / 4시간)

· **문수산** (경기도 김포, 376m) | 주차장 - 정상 - 주차장 (4km / 2시간)

굳이 오르지 않아도 괜찮아

헤겔의 변증법이 정반합이듯 산에도 변증법이라는 게 있다. 사람이 산을 이해하기 위해서는 먼저 아래에서 위로 올려봐야 한다. 그리고 오르고 나서 밑을 내려다봐야 한다. 내가 산을 바라보고 겪는 방식이고 다른 사람도 마찬가지일 테다. 틈틈이 블로그에 올리는 산행 후기는, 꼭 이런 식으로 아래에서 바라본 모습과 정상에서 바라본 모습을 포함한다. 아래에서 일단 산을 올려다본 뒤, 산을 오르지 않고서는 어쩔 수 없는 게 산을 좋아하는 사람의 심정이리라.

그런데 그럴 수 없는 시간이 많아졌다. 아이들이 커가면서 시간을 낼 수 있는 시간이 늘어났지만 정작 산에 오를 수 있는 여유가 줄어들었다. 미세먼지라는 변수가 등장했고, 장마 기간이 유례없이 길어지는가 하면, 태풍이 한반도를 휩쓸었다. 그리고 코로나 19.

우리는 바이러스의 시대를 졸업하지 못했다. 《전염병의 세계사》에서 바이러스와 인간의 싸움이 결코 끝나지 않으리라 예견했던 윌리엄 맥닐이 옳았다. 2020년은 코로나 19만이 아니라 기나긴 장마로 산에 갈 수 있는 날이 많이 줄었다. 몇 년 동안 꿈꿔온 덕유산 종주를 실행에 옮길 참이었는데 코로나 19로 대피소가 문을 열지 않았다. 연차 산행도 여의치 않아졌다. 코로나 19 확산 방지를 위해 어린이집이 문을 닫았기 때문이다. 아이들을 집에서 보살피시는 장모님을 생각하면 나만 마음 편하게 연차 내고 갈 수 없게 됐다. 연차 산행을 아예 안 간 건 아니지만, 빈도를 줄였다.

다행스럽게도 이때 이른바 '산서'라는 걸 알게 되었다. 서점에서 일하면서 많은 책을 만나는데 산에 관한 책은 종수도 적고 대중적으로 널리 인기를 끄는 경우도 많지 않다. 그래서인지 나 역시 산서에 그리 큰 관심을 두진 않았다. 남의 산행기에 무슨 재미가 있을까 생각했었다. 그러다 산에 갈 수 없는 시간이 길어지니 시선이 책으로 향했다.

등산과 독서는 닮았다. 우선 산이 많듯, 책 역시 다양하다. 한 번 읽은 책을 다시 안 읽듯, 한 번 간 산도 좀처럼 다시 가지 않는다. 동네 뒷산이 아닌 한. 책에 베스트셀러가 있듯 산 중에서도 명산이 있다. 그리고 마지막이 가장 중요한데, 베스트셀러를 좇는다고 해서 참된 독서가가 될 수 없듯 명산만 오른다고 해서 뛰어난 산객이 될 수 없다. 자신에게 맞는 책과 산을 고를 수 있는 안목을 갖춰야 비로소 삶을 견디는 게 아니라 즐길 수 있을 테다.

라인홀트 메스너의 에베레스트 단독 무산소 등정《에베레스트 솔로》를 비롯해 여러 산서를 읽었다. 1996년 에베레스트에서 집단 조난사를 다룬 존 크라카우어의《희박한 공기 속으로》와 동일한 저자의《야생 속으로》를 읽으며 자연의 치명적인 매력에 끌려 마침내 목숨마저 잃어버린 여러 사람의 삶을 만났다.

원로 산악인이자 산서 번역가인 김영도 선생의《서재의 등산가》에서는 산서의 고전 목록을 접하며 이후 읽어야 할 책들의 목록을 짤 수 있었다. 이 책들은 주제가 알파인alpin이라, 대한민국 산을 다니는 나로서는 흥미는 가지만 공감은 안 되었다.

그럼에도《서재의 등산가》를 통해 알게 된 산서인《태양의 한 조각》을 소개받은 건 행운이었다. 일본 여성 클라이머 다니구치 케이의 삶을 다룬 책이다. 남들의 시선에 신경 쓰지 않고 산의 높이

보다는 남들이 가지 않았던 루트를 개척하고자 했던 케이는 등로주의를 온몸으로 실천한 사람이었다. 요즘 블로그나 인스타그램을 보면 블랙야크 100대 명산을 인증하며, 최단 루트만으로 산을 오르는 사람을 보게 된다. 물론 저마다 추구하는 산행 스타일이 다를 테고, 최단 루트로 정상을 찍는 것의 의미도 있겠지만 케이의 삶을 읽다 보면 등산에서 중요한 건 정상석 인증만이 아니라는 사실을 깨달을 수 있다. 정상석 인증 너머 산이 품고 있는 매력은 무궁무진하다.

40대 중반이라는 짧은 삶을 산에서 마감하고 만 케이는 20대 이후 평생을 산과 정직하게 대면하고자 했다. 특정한 곳에 소속되지 않으며 돈과 명예에 의미를 두지 않고 산에 오르는 것만 생각했다. 위대한 모험가의 삶이다.

19세기 격동의 유럽을 살다간 자크 엘리제 르클뤼가 쓴 《산의 역사》는 산을 대하는 감성이 인류의 보편적인 문법이라는 사실을 깨우쳐줬다. 이를테면 돌탑이라든지, 산에서 시작하는 각 민족의 탄생 신화 등을 보면 예전부터 동서양 할 것 없이 사람들은 산을 경배해왔다. 인간 세상의 폭력성으로부터 도망가고 싶은 곳이 산이고, 그렇게 도망친 산이라고 해도 산의 본성은 더 큰 폭력이었다.

프랑스 철학자 올리비에 르모가 쓴 《자발적 고독》을 산서라고 분류하기에는 다소 모호한 지점이 있긴 하지만, 이 책에 등장하는 많은 사람들이 산을 찾았다. 도시화되고 문명화된 세상에서 고독해지고 싶은 사람에게 남은 공간은 산이다. 산이 고독과 이어지는 이유다.

《월든》의 저자 소로우는 산이 아닌 자연으로 들어가기도 했다. 왜 사람들은 고독을 찾기 위해 자연으로 향할까? 《자발적 고독》은 사회로 다시 나올 숙명을 짊어지고도 사람들이 자연으로 들어가는 이유를 탐색하며 고독이 민주주의와 이어지는 연결점을 찾는다. 매혹적인 인물과 아름다운 문장, 깊은 통찰력을 버무린 아름다운 인문 에세이다.

장보영 저자가 쓴 《아무튼, 산》은 30대인 저자가 국내외 여러 산에서 얻은 경험과 감회를 털어놓은 책이다. 트레일러닝에 빠진 저자의 산행 스타일이 나보다 훨씬 강도가 높긴 해도 지리산 등 국내 산이 많이 등장해, 코로나 19로 산에 못 가던 시기에 많은 위안을 받았다.

그밖에 《사람의 산 우리 산의 인문학》과 《신과 인간이 만나는 곳, 산》에서 대한민국 산과 산 문화의 역사성을, 《에베레스트에서의 삶과 죽음》에서 현대 등정 문화의 근대성을 엿볼 수 있었다.

비록 산서를 읽어나가기 시작한 지는 얼마 되지 않지만 직접 산에 오르는 경험 못지 않게 산서를 보면서 느끼는 쾌감이 짜릿했다. 이 책도 누군가에게 그렇게 다가가면 좋겠는데……

그런데 잘 안 된 것 같다.

삶의 힘을 기르는, 책밥상의 책들

밥상의 말
파리의 감성좌파 목수정, 파리에서 밥을 짓다 글을 지었다
○ 2020 문학나눔 선정

딱 1년만 쉬겠습니다 어른 그림책
격무에 지친 저승사자의 환골탈태 안식년 프로젝트

기꺼이, 이방인
수상한 사회학자, 천선영의 여름 두 달 대관령 일기

판판판
〈재즈피플〉 김광현 편집장의 레코드 판 속 수다 한 판 인생 한 판
○ 2019 문학나눔 선정

사랑 앞에 두 번 깨어나는
음악과 소리로 다시 읽는 영화, 소설가 오성은의 영화 소리 산문

철학자의 음악서재, C#
최대환 신부의 철학과 음악, 교양에 관한 이야기
○ 2020 인디고서원 청소년추천도서 ○ 2021 국립중앙도서관 사서추천도서

나는 씨앗입니다
조선의 첫 번째 사제, 김대건 신부를 그리며 쓴, 후배 사제의 고백록